先秦文學故事

【下冊】

先秦文學故事（下）

目次

以少勝多的晉楚城濮之戰

春秋，是中國歷史上矛盾紛繁複雜、社會急劇變革的時代。它上承夏、商、西周的統一王朝，下啟列國並立、群雄爭霸的局面。這時，先前鐵板一塊、神聖統一的帝國，分裂成了五顏六色的碎塊，盤根錯節的古代宗法制度開始分解。伴隨著禮崩樂壞、王室衰微，日益強大的諸侯們再也按捺不住稱霸的野心，於是中原大地上呈現出一派刀光劍影、戰鼓動天的征伐景象。而晉楚「城濮之戰」是其中規模最大、影響深遠的戰役，也是中國古代戰爭史上以少勝多的典範戰例之一。

晉楚兩國何以會爆發這場大戰呢？這要從當時諸侯列國的形勢說起。自春秋第一位「九合諸侯，一匡天下」的霸主齊桓公死後，齊國霸業凋落，而晉、楚兩國逐漸強盛，羽翼日豐。此時的楚國，國力雄厚，領土廣袤，內有賢臣輔佐，外有陳、蔡等國歸附，大有囊括中原之勢；而晉國則在晉文公重耳及手下謀士的苦心經營下，蒸蒸日上，已露崢嶸之相。為填補齊國衰落後遺留的霸權真空，晉楚兩國磨刀霍霍，等待時機。公元前六三二年，楚國和晉國為爭奪宋國而拉開了驚心動魄的城濮之戰的帷幕。

宋國位於中原腹地，是晉楚爭霸的要衝，誰征服宋國，誰就佔據了向外擴張的前沿，所以宋國對於晉楚兩國就顯得十分重要。泓水之戰後，宋迫於楚的強大而與之結盟，後見晉日益強盛，轉而投入晉的懷抱，這就招致了楚率蔡、陳、鄭、許等國之師對它的征討。宋寡不敵眾，求救於晉。晉國的君臣們認為這是「取威定霸」的天賜良機，意欲出兵，但鑑於晉當時的實力尚不足以與楚正面抗衡，所以決定採取攻曹伐衛，迫使楚國從宋撤軍的戰略。

晉經過一番精心準備後，於第二年春出師。曹、衛很快潰敗，但迫使楚國從宋撤軍的目的並未達到。宋再次向晉告急，這使晉文公左右為難。正在猶豫不決之際，中軍統帥先軫獻上一條妙計：讓宋賄賂齊、秦兩國，請它們出面調解，並扣留曹、衛國君，把曹、衛的部分土地分給宋國。楚和曹、衛是盟國，其國土被分，必不肯接受齊、秦的調解，這樣就會惹惱齊、秦兩國，促使它們加入晉的陣營。於是晉就採用「喜賂怒頑」的外交手段，離間了齊、秦與楚國的關係。楚成王見形勢於己不利，急令主帥子玉從宋撤軍，子玉卻拒不從命，堅持要與晉軍決戰。

子玉攻宋不下，晉軍又不前來交戰，情急之中，子玉採取了激將法。他派人同晉談判，提出楚國退兵的條件：晉複衛成公王位，歸還曹國土地，楚即從宋國撤軍。楚國的意圖是要激怒晉國，使其南下與之交戰。而晉則將計就計，再次施用離間計。晉私下允諾曹、衛恢復其國家，條件是脫離楚國，並扣留了楚國的使者，以激怒子玉，誘使其放棄圍宋，北上與晉決戰。楚軍果然中計。子玉率軍氣勢洶洶地逼近了晉軍駐地。晉軍則後退三舍，以驕其軍。雙方在城濮擺開了決戰的陣勢，一場規模空前的大戰一觸即發。傍晚，楚軍使者到晉營下達戰書，晉軍慨然應戰。

第二天決戰開始，晉軍首先擊敗了由陳、蔡兩國軍隊組成的右軍，接著晉採用疑兵之計，佯裝潰敗，誘敵深入。楚軍中計，遭到晉軍的前後夾擊，左軍大部被殲。楚軍統帥見左右兩軍崩潰，急忙收兵退出戰場。這樣，城濮之戰以晉勝楚敗而結束。

城濮之戰，使晉國聲威大震。以前與楚結盟的國家紛紛轉向晉國，連周天子也親往祝賀。晉文公由此登上了霸主的地位。

商人弦高巧計救國

公元前六三〇年，秦、鄭兩國結成盟國，秦派杞子、逢孫、楊孫三人率兵駐紮在鄭國都城的北門。名義上是保護鄭國，實際上是安放在鄭國心腹中的定時炸彈，鄭國隨時都有被傾覆的危險。公元前六二八年，晉文公去世，秦國想趁此機會向東拓展，恰好戍守鄭國的杞子傳來密信：他們取得鄭國的信任，掌管了鄭國都城北門的鑰匙，若秦軍悄悄進入鄭國，他打開北門接應，裡應外合，鄭國唾手可得——後世的「北門鎖鑰」一語就出自於此。秦穆公正想獨得鄭國，於是不顧老臣蹇叔的反對，立即派孟明視、西乞術、白乙丙率大軍，不遠千里，偷襲鄭國。

秦軍經過長途行軍，來到滑國境內。弦高這時也恰巧帶著牛群經過此地。弦高，乃鄭國一商人，專門從事販牛的買賣，聽說洛邑牛市行情紅火，就趕著牛群準備到洛邑販賣。當走到滑國時，聽到了一個令人震驚的消息：秦國已出動大軍，偷偷地來進攻鄭國。

在秦軍已接近鄭國邊界的危急關頭，鄭國上下卻蒙在鼓裡，處於毫無防備的狀態。秦軍一旦兵叩城門，預先帶兵駐鄭的秦將杞子、逢孫、楊孫必然裡應外合，毫無防範的鄭國勢必難逃滅頂之災。怎麼辦？回去報警已經來不及了，而且就算鄭國此時得到消息，恐怕也來不及調兵佈防。假若尋常的商人在倉皇之間遇見這樣的事情，恐怕首先急於照顧自己的家業，至多回國通報一聲。弦高則不然，他首先想到的是：「鄭國是我父母之邦，忽有此難，不聞則已，若聞而不救，萬一國家淪亡，我有何面目回故鄉？」弦高急中生智，他一面派人迅速回國通報，一面趕出十二頭牛，乘坐一輛小車，冒充鄭國的使臣，來到秦軍的駐地。他以使臣的身份求見秦軍主帥孟明視，詐稱奉鄭君之命，前來犒勞秦軍。他在江湖上闖盪多年，練就了一套見什麼人說什麼話、做什麼事說什麼話的好功夫，且能說得娓娓動聽，不由人不信。弦高見到孟明視後，從容地說道：我們國君聽說將軍要路過鄭國，因此派我來犒賞士兵，現奉上薄禮，表示鄭國的友誼。儘管鄭國還不富裕，但仍要盡好東道主的義務。貴軍停留一日，我們就供給一日的軍需，離開時，也要為你們安排一夜的守衛。這番話簡直如同出自於一個訓練有素的外交官的口中，謙恭有禮，弦外有音，既不冒犯強秦，又表明了鄭國的態度，委婉文雅，完全是外交使節的聲情口吻。

弦高的一番說辭，使孟明視深信不移。秦國的軍隊勞師遠征，為的就是攻其不備，如今鄭國既已知曉秦軍的意圖，又作好了戰鬥的準備，偷襲已無法實現，再攻鄭還有什麼意義！於是，孟明視放棄了偷襲鄭國的計劃。

弦高以一個無足輕重的商人身份，花了區區十來頭牛的代價，憑著三寸不爛之舌，在瞬息之間，打破了秦軍偷襲鄭國的計劃，做成了集鄭國全部的政治力量、軍事力量可能都無法做到的事，使鄭國避免了一場可能因措手不及而要付出沉重代價的戰爭，在中國戰爭史上留下了一個「不戰而屈人之兵」的範例。

鄭國國君得到弦高的告急情報後，立即採取了相應的措施。弦高返回鄭國後，鄭穆公獎賞他的存國之功，他卻堅決推辭而不接受，這就使弦高的形象更加完美豐滿。

弦高之所以贏得後人的讚譽，自然在於他具有無私奉獻的愛國精神。在國家瀕於危難之際，義無反顧，挺身而出。他首先考慮的是國家的安危，百姓的命運，而置個人利益於不顧，手無寸鐵，獨闖秦營，其大智大勇，足以名垂青史。

弦高犒師，還表現了弦高處亂不驚、善於應變的聰明才智。面臨著秦軍襲鄭的突發性事件，他迅速作出準確的判斷，然後針對敵人的意圖，採取相應的對策。並且在運用智謀的過程中，鎮定自若，從容不迫，創造了軍事家們也未必能夠做到的奇蹟。可以說，只有後世大智謀家諸葛亮的「空城計」才可與之相媲美。

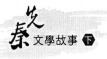

圖虛名打敗仗的宋襄公

在春秋時期宋國的十幾個國君中，宋襄公恐怕算是知名度最高的一個。這倒不是因為他名列「五霸」之一（實際上，宋襄公直到死也沒有實現真正的霸業），而是他一生中一個個令人忍俊不禁的愚蠢故事，使得他聲名遠播，「名垂青史」。

在這些令人捧腹的故事中，最著名的莫過於「泓水之戰」的「仁義」之舉了。

齊桓公死後，眾公子爭位，齊國大亂。這時宋襄公任用公孫固，國內大治，遂有代興之志。他先平定齊亂，立齊孝公；又舉行「鹿上之盟」，儼然以中原霸主自居，企圖與南方日益強大的楚國爭霸。不久，鄭國與楚國相親，宋襄公便仿效當年齊桓公，發兵征討「親附蠻夷」的鄭國，楚國出兵救鄭攻宋，兩軍戰於泓水（故道在今河南柘城）。

宋襄公率軍伐鄭，雖然打的是「尊王攘夷」的旗號，但實際上卻是為了發洩對楚國的仇怨。公元前六三九年春天，宋襄公為了震懾周邊小國，便約請楚成王、齊孝公出席秋天在孟地召開的諸侯大會，楚、齊兩國滿口答應。宋襄公到孟地之前，他的弟弟公孫固對他說：「楚是個不守信用的國家，你還是帶些軍隊去吧，以防意外。」那時有個制度，國君們出境相會要以一個師（約兩千五百人）的軍隊相隨保衛，卿大夫們相會帶一個旅（五百人）的軍隊相隨保衛。襄公不聽，卻說：「我與楚人已約好，都不要帶軍隊，我自己提出的怎能不遵守呢？」他只帶了公孫固和其他一些文官來到孟地。宋襄公滿以為這次會議既然是由他召集的，當然得由他來擔任盟主。因此，他就大模大樣地登上了盟主的座位。哪裡料到，他還沒坐穩，楚成王一聲號令，楚兵一擁而上，就把這位「盟主」從寶座上揪了下來。頃刻間，「盟主」變成囚犯。混亂之中，公孫固逃回本國，準備應付事變。楚成王押著宋襄公，帶領楚軍一直打到宋國的都城商丘，由於宋人堅決抵抗，楚軍一時難以破城，最後只好把宋襄公放了。

碰了釘子的宋襄公懷著滿腹委屈回到宋國，越想越氣，暗地裡下定決心：楚成王如此不講信義，這個仇非報不可。但是，對於標榜「仁義」的宋襄公來說，要報仇，總得找一個冠冕堂皇的理由才行。湊巧在公元前六三八年，鄭國的國君去朝見楚成王，這給宋襄公帶來了興師問罪的理由。鄭是楚的盟國，打敗鄭國，好歹可以出一出孟地受辱的窩囊氣，於是發兵攻打鄭國。

鄭國招架不住，果然向楚國求援。楚成王立刻發兵，矛頭直接指向宋國。宋襄公得到消息，急忙帶領軍隊往回趕。宋軍趕到泓水北岸，楚軍也已到達泓水南岸了。

兩軍隔河相對，大戰一觸即發。這時，公孫固進言勸阻說：「上天不保佑商朝（宋是商的後代）已經很久了，現在你想興復祖業，恐怕是不可能的事，還是不要與楚國打吧！」宋襄公根本不聽。

宋軍列好了陣，楚軍卻正在亂哄哄地渡河。

公孫固說：「敵眾我寡，趁他們還沒有完全渡過河來，給他們一個迎頭痛擊，或許能夠取勝。」宋襄公說：「不行，講仁義的人不能趁別人困難的時候去攻打人家。」

過了一會兒，楚軍全部渡過了河，但是還沒有擺開陣勢。公孫固又建議道：「趁他們還沒有站穩腳跟，我們即刻發動進攻，還可以打贏。」宋襄公仍舊不同意。他說：「不行，講仁義的人不能攻擊不成陣勢的隊伍。」

不一會兒，楚軍擺好了陣勢，千軍萬馬衝殺過來。這時宋襄公才下令攻擊。但是，已經遲了。宋軍抵擋不住，一個個地倒了下去。宋襄公的近衛軍被殺得一乾二淨，他的大腿也挨了一箭，在公孫固等人的拼死保護下，宋襄公狼狽地逃了回去。

回到宋國，大臣們都埋怨宋襄公喪失戰機。宋襄公卻理由充足地爭辯說：「講仁義的人不去傷害已經受傷的人，這叫做『君子不重傷』；也不去捉拿頭髮已經花白的老人，這叫做

『不擒二毛』。古代用兵之道，不憑藉險阻以攻擊對方。我雖然是亡了國的商朝的後代，但仍然不會下令攻擊沒有擺好陣勢的敵人。」

公孫固很不客氣地批駁道：「你還不懂得打仗的道理。強敵在前，我有險可憑，敵人又未準備好，正是天賜良機，此時加以攻擊，還擔心不能取勝呢。在敵軍中的人都是我們的敵人，凡是能夠俘虜的就要把他抓過來，哪管他頭上有沒有白髮。敵人雖然受了傷，對我們還有威脅就要殺死他。若愛受傷的敵人，那何必要傷他？若愛敵軍中有白髮的人，乾脆投降好了。」宋襄公無言以對。

宋國與楚國在泓水之戰中，損失慘重，國勢從此一蹶不振，不久，宋襄公在難圓的霸主夢中鬱鬱而亡，他的「仁義之師」也從此成為歷史上的笑柄。

宋襄公這番「仁義」之舉，究其本心，是中了好名的毒害。宋襄公片面追求人家對他的評價，用以爭取霸主地位，就是企圖正名，然後指揮諸侯，結果弄得身敗名裂，貽笑千古，他付出的代價也太大了。

〈子產誦〉：改革者的讚歌

魯襄公十年（公元前五六三年），鄭國的執政子駟因為推行「為田洫」的改革，激起了貴族尉止等四家貴族的不滿。他們聯合起來叛亂，殺死了執政的子駟及朝中支持此項改革的司空子耳、司馬子國，鄭國頓時陷入混亂之中。子國的兒子，年僅二十二歲的子產卻能忍住悲痛，沉著地安排好家中的一切，然後率領國人，帶著編好隊列的兵車去抵抗暴徒，幫助繼任執政的子孔平定了暴亂。這次漂亮的平叛使年輕的子產在春秋時代的政治舞台上開始嶄露頭角了。

子產（公元前五八四年─公元前五二二年），鄭穆公的孫子，名僑，又字子美。他有時又被稱作公孫僑，那是因為公子之子稱公孫的緣故；至於又叫做國僑，則是以父為字的原因。據《左傳》，魯襄公八年（公元前五六五年），子產的父親子國和子耳一道帶兵入侵蔡國，將蔡國的司馬公子燮抓獲，鄭國人都很高興，唯獨子產鬱鬱不樂。大家問他原因，子產便憂心忡忡地說：「鄭是小國，沒什麼文德，卻有了武功，將惹來大禍了。蔡是楚的與國，楚如果來替蔡報仇，我們打不過，能不投降嗎？北邊的晉國本是楚的對頭，若一投降，晉又要來興師問罪，這樣你來我走，四五年內鄭國是不得安寧了！」子國聽了這話，斥責說：「小孩子亂說話，是要被殺頭的！」後來，事實果然如子產所說，這年冬天，楚就來攻打鄭國；次年冬天，晉又來討伐鄭國。從這件事可看出，「童子」時代的子產就已經見識不凡了。

二十多年後，子產已是鄭國的執政，面對著矛盾日趨激化的土地問題，毅然決定繼續當初子駟未竟的改革。據《左傳・襄公三十年》，子產重新為田地劃好疆界，挖好溝渠，並在私田上按畝收稅，將農民加以編制，在正式承認土地私有的同時，限制了那些「佔田過制」、肆意兼併的舊貴族，對忠於國家、生活儉樸的人加以嘉獎，對那些驕奢跋扈的貴族則嚴加懲治。已經有子駟和子駟的繼任者子孔先後被國人所殺的前車之鑑，要做這樣大規模的改革舉動，牽扯的既得利益群體又如此之廣，其危險程度可想而知。子產的新政策推行了一年，招來了「輿人」（有田產的「士」，即貴族）的強烈怨恨，他們作誦詛咒子產說：

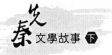

取我衣冠而貯之，取我田疇而伍之，孰殺子產？吾其與之！

（釋文：逼我把好衣帽收藏在家，把我的田產左查右查，誰去殺子產啊，我一定參加！）

差一點就像二十年前尉止那樣發起暴亂了。三年之後，土地不均的局面有所改善，改革的效果顯現出來，「輿人」又改變了調子，加入擁護子產改革的行列裡，並作〈子產誦〉歌唱讚美：

我有子弟，子產誨之；我有田疇，子產殖之。子產而死，誰其嗣之？

（釋文：我的子弟，讓子產教育他；我的田畝，子產使它產量增加。要是子產死了，誰來繼承他？）

可見這擁護確是由衷的。清人勞孝輿在其《春秋詩話．卷四．拾詩》中評價說：能夠冒這樣的風險推進改革事業，正是子產作為偉大的政治家的人格力量的展現。「輿人」的〈子產誦〉也成了中國詩歌史上對頑強不屈的改革者最早的深情謳歌。

《世本》：記錄官史的流水賬

《世本》是先秦時代史官檔案記錄的彙編。《世本》的內容十分豐富，它的〈帝系〉、〈譜〉、〈作篇〉、〈世家〉、〈傳〉直接導出司馬遷《史記》的本紀、表、書、世家、列傳，對後世專題紀史的史學體裁有開創之功，而且時間上前後歷兩千年之久，可稱中國最早的通史，其史學價值和對後世的影響實在是不可估量的。可惜的是到宋元之際，《世本》就亡佚了，今天我們所能見到的是清儒的幾種輯佚本。

那麼，《世本》的成書時間又在何時呢？可以肯定地說，它是從周初到戰國王室史官逐漸編修增補而成的。疑古派學者陳夢家認為《世本》成書於秦漢之際，抓住的只是後人羼入的隻字片語，卻否認先秦典籍的成書都有一個漫長的動態過程，證據不足，情理亦不通，不可信據。炎帝時代距今七千年，就已有了比較成規模（約數百個）的陶符文字（初文）；黃帝之史倉頡使漢字上升到假藉階段，使初文由表形而記音，每字皆能當數十字之用。文字的造成必將刺激人類智慧與經驗縱向的積澱與傳播，由史官掌握的先世史料也必然日漸豐富，到夏代時就已有專門記言的《夏書》了。但當時史書可能既有載於絲帛的，不可能長久保存而需要世代轉抄傳寫；又有如殷商之著於甲骨鼎彝，因便利保存而得以傳至今日。總之周初代商，史官們一面全面地整理殷商宮廷秘藏的舊有史料，一面對現時代的事實情狀累加增補而形成《世本》最原始、最簡略的底本，這是完全可能的。先秦史官信古求真的史德又保證了《世本》記敘內容的真實可信。舉個簡單的例子，《世本·作篇》中有「胲作服牛」的記載，「胲」即商族先祖王亥，「服牛」即是牛車。王亥駕著牛車在各部族間做生意，已為出土甲骨文所證實。

《世本》的獨特價值在於它的體例已超越了古初時代以政治為中心的「流水賬簿」（梁啟超語）式的簡單記錄，而初步具備了文化史的性質。〈作篇〉對於研討上古文化的珍貴程度實在是怎樣估計也不算過分的。若要推見上古各部族集團風俗的同異，也必須依賴〈居篇〉提供的寶貴線索。而且《世本》能夠「將史料縱切橫斷，分別部局，開後此分析的綜合的研究之端緒」（梁啟超《中國歷史研究法》），章太炎在《檢論·尊史》中稱其「經緯本末」，這其實是一種大文化的研究視野，在先秦時代的諸多典籍中可謂獨領風騷，並具有強烈的方法論意味。

《世本》包羅的內容廣博深微，非寥寥數語所能窮盡。譬如若將〈帝係〉、〈世家〉、〈氏姓篇〉和〈居篇〉合看，則上古各族群間遷徙、衝突、混融的交互作用頓時獲得了具體的立體時空，在這幅活動著的複雜而精微的文化地圖上面，能夠清楚地看見上古時代華夏族由四周向中央集聚的圖景，對於中華民族多元一體格局的形成定能有深刻的了解。

晏子巧釋景公悲泣

晏子不愧是一個能幹的賢相，他不僅要處理齊國許多重要的政事，諸如內政、外交、改革、發展、賞罰、治亂等等，還得緊隨喜怒無常的齊景公身後，隨時糾正他的錯誤，調整他的情緒。

這不，齊景公這次去牛山遊玩，登上壯偉的牛山，向北遠望，看到齊國美麗的城都和廣袤的土地，而眼前面臨齊桓公等幾代祖宗的墳墓，不禁悲從中來，潸然淚下，仰天長嘆：「為什麼要一去不復返地離開這美好的國家而死呢！」隨行的大臣艾孔、梁丘據聽到這話，又看到主子大哭不止，也都跟著哭了起來，只有晏子在旁吃吃竊笑。景公感到很奇怪，自己這樣悲傷，他卻在那裡笑，豈不太無禮了嗎？何況君臣之義，更不容如此。於是他擦去眼淚，回頭對晏子不解地問道：「我今天遊玩勾起了傷心事，感覺很悲哀，艾孔和梁丘據都跟著我流淚，你卻一個人在那裏偷著樂，這是為什麼？」

齊景公所感嘆的是時光短促、人生短暫的大悲哀，但講大道理，景公不見得能聽進去，因此晏子從齊國的歷史、從景公的切身利益解釋。假使讓賢聖的君主永久在位，那麼始封到齊地的太公和春秋第一霸主桓公就永遠在君位上了；如果讓勇武的君主永久在位，那麼莊公和靈公也就永遠在君位上了，哪有您當君主的份啊！正是由於這些君主君臨天下一段就死去了，這樣君位才到了您的頭上。而您卻獨自為此而流淚，這是沒有仁愛之心。而面對不仁之君，艾孔和梁丘據卻不但不加勸阻，反而隨波逐流，跟著哭泣，這就是諂諛獻媚之臣。一件事使自己見到了一個不仁之君，兩個諂諛之臣，怎能不覺得好笑呢！景公覺得晏子說的有理，如果按照自己的邏輯，別說擁有國家，恐怕連君位的邊都摸不到呢！於是悲傷也便自然消解了。然後他從生物規律上進一步闡發，盛衰相連，生死相繼，這是自然規律；事物都按照它固有的規律向前發展，這是古今共同的道理。聽了這些，景公也深為自己「至死尚哀死」的怯懦行為感到慚愧，連忙自解道：「我不是為棄國而死悲哀，而是因為彗星出現後對著齊國而悲哀。」晏子趁機進諫：「這都是您行邪惡、無德行所招致，挖池沼，非深廣不可；建台榭，非高大不可；徵賦聚斂如同搶奪，處理民眾如同寇讎。自然的變化，彗星的出現，都是在昭示著您的失敗。」聽到這些分析，景公非常恐懼，連忙放棄池沼，廢除台榭，減輕賦斂，放寬刑罰。這一次，晏子不僅消釋了景公的悲哀，而且勸諫景公勵精圖治，清廉為政，收到了更好的效果。而在天命的外衣下，我們可以清楚地感到晏子的聰明才智。

正是由於晏子為相期間勇於諫止君過，為國君排除了許多政治上、生活中、思想上、行動中的難題，所以景公才感到一日不能沒有他。晏子死的時候，他才那樣悲傷。據說聽到晏子死信，景公正在遊臨淄，他催車迅速回返。坐在車上，他心急如焚，感到車速太慢，便下車快步走；走著又看到不如車跑得快，再上車。如此多次上下，趕到晏子家，他流著淚進院，伏在晏子屍體上號啕大哭，邊哭邊說：「你活著時白天晚上督責我，不管大事小情，我尚且改不了毛病，常惹怒百姓。現在老天不讓我死，卻讓你亡，這不是天滅齊國嗎！」

晏子使楚不辱使命

晏子作為齊相，常陪同齊侯出使或自身奉旨出使。因為晏子個矮，所以有的國家便想趁機羞辱他；因為他機智善辯，所以有些自作聰明者便想與他一決高低。結果可想而知，必然是侮人者自侮。《晏子春秋》通過一系列晏子出使故事的記述，塑造了智慧機敏的晏子形象，給人諸多啟示。

晏子個矮是有名的，當時人說他「長不滿六尺」，古時度量衡與現在不同，那時的一尺，大約相當於現在的六七寸，不滿六尺也就合現在的四尺多一點，一米四十左右。由於「身短」，因而在出使楚國時，就出現了這樣一個故事：使者代表國家而來，理應從正門出入，但楚人卻偏偏在大門旁另造了一個小門迎接晏子。一大一小，一正一側，表現出楚人的態度：羞辱晏子，想看聰明人的笑話。個矮，因而不能大門而行——這就是楚人的邏輯。

晏子對自己的身份和所處的地位具有充分的認識，作為一個使者，從跨出國門的那一刻起，他便是代表國家。這樣，他的榮辱便不僅僅是個人的問題，而是涉及到君主，代表著國家的利益，因而他為了自己的人格，更為了齊國的國格憤怒出擊。他這樣看待自己的身份，也這樣衡量對方的處事。所以他出擊時面對的便是楚國，他要從對方的國家開刀，而不是個人，因而說道：「出使狗國的人，才能從狗門出入；現在我出使楚國，不應當從狗門出入。」這樣，一方面，晏子告訴對方，自己雖然個子矮，但是站在國家的高度和楚人對話，彼此是平等的關係；另一方面，他又以其人之道還治其人之身，使對方陷於尷尬的境地。嬉笑怒罵，痛快淋漓。

但楚人並不甘心，這一次是楚王親自出面。（看起來，前面的場景也是楚王一手導演的吧！）一見面，旅途的勞頓、對齊國的印象、齊國的百姓眾臣、兩國的關係與發展等等，許多問題他都不問，而是只問了一句：「齊國沒有人了嗎？」以晏子的聰明機智，加上剛才的遭遇，楚王頭腦中想的是什麼，他要達到什麼目的，晏子可以說是了然於心。但是他卻不戳破，而只是應問而答：「齊國首都臨淄就有三百閭（二十五家為一閭），把袖子張開可以遮天蔽日，每人淌一滴汗可以形同大雨，一個肩挨著一個肩，一隻腳挨著一隻腳，怎麼說齊國沒有人了呢？」他是明知故問，好讓楚王自己說出問話的目的，楚王果然沉不住氣，說出了有損於君王形象的話：「那麼你怎麼能作齊使呢？」言外之意，在於嘲笑晏子形貌醜陋，也看不出有多少賢能，怎麼能擔當國使之任呢！這一次晏子面對的是楚王，而君主是代表一個國家的，因而晏子便把矛頭直指楚王：「我國派出使節，根據對方的情況而定，賢能之士派到賢明的國家去，無能之人派到無德的君主那去。在齊國，我最無能，所以只能出使楚國了。」晏子反戈一擊，其意自明。記述這則故事的人沒有描寫楚王的反應，但我們可以想象他「顧左右而言他」的窘態。

晏子善辯，這在當時便名聞天下，但楚王總覺得疑惑：楚國君臣數人，難道還敵不過一個晏子嗎！於是趁晏子來訪之機，他要難為難為晏子。便問左右：「晏嬰是齊國善於辭令應對的人，現在將要來楚國，我想羞辱一下他，如何是好？」使節出使，本來為通兩國之好，楚王卻想羞辱人家，這動機就不純，目的更不光明正大，而作為君王的左右之人本應高揚君功，諫止君過，而楚王的左右不僅沒有這樣做，反而如此這般地出了一個自欺欺人的餿主意。晏子到達楚國後，楚王設宴招待晏子。酒過三巡，正到酣處，楚吏押著一個人參拜楚王，楚王按事先預謀問道：「被綁著的人是哪裡人？犯了什麼罪？」楚吏應聲道：「是齊國人，犯盜竊罪。」楚王轉臉問晏子：「齊國人本性善盜嗎？」楚王問得很輕鬆，但嘲弄的語氣，自得的神態，晏子早已覺察，於是他不慌不忙，鎮定自若，晏子先打了一個淺顯的比喻，以橘生在淮南、淮北的不同，說明由於水土的不同，同樣的種子會生長出不同的果實。然後又用這個道理說明人的成長也是如此，由於水土——環境的不同，人也會改變他的本性，按照環境約束、培養他的方面去成長，齊人在齊不盜，在楚卻盜，這大概也是楚善盜的環境養成了百姓這樣的習慣吧！這就把楚王踢來的皮球又踢了回去，而且準確無誤地踢入對方門中，無法挽救。楚王無言以對，只有自我解嘲的份了。

晏子任齊相時，正是靈公、莊公、景公當政，三人有的殘暴，昏聵，正是依靠了晏子在內政外交上的努力，才使得齊在各大國間有立足之地。

儒家大師，亞聖孟軻

孟子，名軻，字子輿，鄒國人，戰國中期的儒家大師。他的為人絕不像孔子那樣恭順溫和，而更多地充滿「捨我其誰」的慷慨；他身處戰亂卻熱心救世，雖屢屢碰壁，但意志堅定；他對社會、對人生，始終充滿信心和熱情，表現了戰國時代文士那種特有的奮發進取精神。

孟子為新興地主階級勾畫了一套完備的施政綱領，主張用道德的力量統一天下，即仁政思想。仁政的內容涉及政治、經濟、軍事、教育等許多方面。孟子發展了春秋以來的「愛民」思想，認為國君應該施給人民以愛，時刻想到人民的憂樂，倡導「與民同樂」、「保民而王」。從「保民」的思想出發，孟子還提出了「民為貴，社稷次之，君為輕」的著名論題；他還明確地提出了土地制度問題，認為英明的君主必須「制民之產」，授給人民一定數量的土地，同時不能濫徵，不能搞苛捐雜稅，必須「薄稅斂」，「取於民有制」。孟子把「尊賢」作為實現仁政的一個重要內容，主張讓「賢者在位，能者在職」。重視教育是孟子仁政學說的又一特點，他多次說「謹庠序之教」，對人民施行教化，才能保證王道的完成。

帶著對社會理想的不懈追求，孟子從四十二歲開始周遊列國，游說諸侯。首次出遊，孟子選擇了國勢強盛、地大物博的齊國，然而齊威王崇尚霸業，不把儒者孟子視作人才，孟子耐著性子在這裡呆了幾年，終不被重用，憤然離去。聽說宋國要實行仁政，孟子就率領弟子們奔向宋國。在宋國仍看不出有行仁政的跡象，於是，又前往魏國。

在去魏國的路上，孟子聽說魯國打算讓樂正子治理國政，就繞道前往。弟子公孫丑覺得奇怪，禁不住問道：「樂正子有什麼過人之處嗎？」孟子告訴他：「樂正子只是喜歡聽取善言，藉此足以行仁政，王天下。」到了魯國，樂正子恭敬有加，不時地請安、求教。但說起仁政，他卻聽不進去，因為當時的魯國也像其他小國一樣，為謀求自身安全而努力富國強兵。極度失望的孟子不久便離開了魯國。

經歷了這麼多的挫折以後，孟子也看出了各國諸侯，無論大小，都在忙於加強軍力，不想採納他的主張，但他抱定自己的理想不願放棄。帶著熱切的期望，孟子又去魏國、齊國遊說，雖在齊國官至卿相，但他真切地感受到在國家大政方面，宣王其實是聽不進他的意見的。

孟子奔波幾十年，終因思想主張不合時宜，未被當世者所用，晚年退而與弟子萬章等人著書立說，作《孟子》七篇。在先秦諸子散文中，《孟子》散文既不同於早期《論語》的溫文爾雅、《老子》的古樸深蘊，也不同於晚期《荀子》的廣博渾厚、《韓非子》的嚴峻峭拔，還不同於同一時期《莊子》的汪洋恣肆，而是筆鋒犀利、氣勢充沛、縱橫捭闔，可謂開我國豪放派文學的先河。

孟子是繼孔子之後儒家學派的傑出代表。他性格剛毅，百折不撓，游說諸侯，放言無憚，但其政見始終不被統治者採用。立德、立功不成，他晚年與弟子萬章等人一道立言，將半生遊說經歷寫成《孟子》。此書集中闡釋了孟子關於政治、道德、倫理等諸多方面的思想主張和見解。

孟子受戰國時期縱橫捭闔之勢影響，加上自己豐富的閱歷和廣博的學識，形成了奔放雄健、能言善辯的風格。而在複雜的論辯中，他始終把握自己的正確觀點，一直占據主導地位，充分闡明自己的主張，駁斥對方的錯誤觀點，理充辭沛，說服力強。孟子為文，善於鋪排，務求詳盡暢達，或引經據典，或以現實生活中的事件為例，既含蘊深遠又活潑有趣。無論什麼事，孟子都敢議，無論什麼人，孟子都敢言，這就形成了《孟子》一書縱橫捭闔、波瀾壯闊、氣勢充沛、豪邁奔放的特點。

雖然同為儒家大師，但孟子並不像孔子那樣謙恭溫和，他往往直言不諱，放言無忌，筆鋒犀利，風格剛健。比如有一次他去見梁惠王，見面後，梁惠王開口就問：「老先生，您不遠千里而來，將給我國帶來什麼利益呢？」孟子是重義輕利的，對熙熙攘攘為利奔忙的芸芸眾生，他不屑一顧，而對義他則終生相求，關鍵時刻甚至會捨生取義。他周遊列國，自然是推行仁義，宣傳禮義。而梁惠王卻開口就談「利」，這顯然與孟子的思想格格不入，因而梁惠王話音未落，孟子就毫不客氣地劈頭把對方的話頂了回去：「王何必曰利？亦有仁義而已矣！」他看重的是仁義王道，講究的是辭情暢達，認為不管是國君下臣，大人小人，如果不尊重別人的思想與人格，不注意養善修德，君主也一樣會身敗名裂。孟子既直接批評了梁惠王重利輕義，更宣傳了自己的思想主張，如江河奔流，一瀉而下，語氣堅決，不容反駁，氣勢貫通。

孟子才華橫溢，性格豪邁，所作文章，大多縱橫馳騁，奇偉瑰麗，開合變化，極其自然。在論辯中，孟子縱橫開闔，往往置對手於理屈詞窮之境。在〈盡心下〉「孟子之滕」章寫孟子住在滕國的上宮里，有一隻沒有織成的草鞋在窗台上不見了，旅館中的一個人就問孟子：「是不是您的學生把它藏起來了？」誰料，孟子卻說：「你以為他們是為偷草鞋而來的嗎？」這樣劈頭一棍，弄得旅館中人非常尷尬，無話可答。可是孟子又隨手為其解圍：表明只要學生們懷著學習的心來，便都接受了，難免良莠不齊。孟子為文就是這樣，起伏跌宕，舒捲自然，縱橫捭闔，全不費力。

孟子開創的豪放派文風，影響了後代的許多作家，如唐代的韓愈，宋朝的蘇軾、蘇轍，都在中國文壇上獨具魅力。

孟子一生周遊過許多國家，屢遭波折。但他始終堅持道義和尊嚴，絕無一絲媚骨。諸侯不以禮召之，孟子敢於拒而不見；當政者縱有高官厚祿，但是不行仁政，孟子絲毫不為之動心，展現了戰國時代文士特有的風采和魅力。由於他繼承發揚了孔子開創的儒家學派，功績卓著，思想精深，所以在後世被稱為儒家的「亞聖」。

孟子出色的辯術

「五十步笑百步」這個成語，出於《孟子．梁惠王上》。戰國時，魏國君主梁惠王自以為對國家盡心盡力，因而政治一定會比鄰國清明。但看到自己的百姓並不比鄰國富庶，鄰國的百姓也並不來歸附，內心不禁充滿疑惑。一次，孟子來訪，他便趁機提出了這一問題。孟子早就聽說過梁惠王不辨奇才，放走商鞅，一心圖霸，東攻西伐，結果喪權失地，致使魏國衰落。來到魏國以後，又親眼看到了梁惠王的苛政，但他沒有明說，而是用了個比喻，提了個問題：

王好戰，請以戰喻。填然鼓之，兵刃既接，棄甲曳兵而走。或百步而後止，或五十步而後止。以五十步笑百步，則何如？

戰鼓咚咚敲響了，雙方交鋒後，將士們卻丟盔棄甲，拖著兵器，掉轉身逃跑。有的人一口氣跑了一百步才停下來，有的人逃了五十步就停下來。逃五十步的人嘲笑跑一百步的人，您覺得怎麼樣呢？梁惠王不假思索地即刻答道：「不行，只不過他沒有後退到一百步罷了，可也是逃跑呀！」孟子於是趁機點撥：「您既然知道了這個道理，就不必希望比鄰國的百姓多了！」孟子講這個故事，表面上並不說梁惠王不關心百姓，實際上卻批評他與鄰國暴政相比，只是程度不同而已。如果說鄰國暴君的行為是逃跑了一百步，那麼梁惠王的腐敗統治就是跑在五十步的位置上。這個比喻在此處使用精當，深入淺出，既回答了問題，又婉轉簡約，現實性很強，收到了極好的效果。

梁惠王回想自己執政為王時，確實也實行過一些頭疼醫頭、腳疼醫腳的政策：當河內這個地方遭了飢荒，就把這裡的一些百姓遷移到河東，同時還把河東的部分糧食運到河內。河東有了災難也照此辦理。可是，孟子認為這終究是小恩小惠，與真正關心老百姓疾苦的仁政王道相差甚遠。

當然，孟子指出梁惠王的不足，真正的目的在於使對方接受自己的王道思想，因而他緊接著便不失時機地進一步向惠王暢談自己的政治主張。他認為應該首先保護、開發資源，不違農時，發展生產，然後讓黎民百姓富強起來，同時施行禮義教化，改良社會風氣：

不違農時，谷不可勝食也；數罟不入河池，魚鱉不可勝食也；斧斤以時入山林，材木不可勝用也。谷與魚鱉不可勝食，材木不可勝用，是使民養生喪死無憾也。養生喪死無憾，王道之始也。

五畝之宅，樹之以桑，五十者可以衣帛矣。雞豚狗彘之畜，無失其時，七十者可以食肉矣。百畝之田，勿奪其時，數口之家可以無飢矣。謹庠序之教，申之以孝悌之義，頒白者不負戴於道路矣。七十者衣帛食肉，黎民不飢不寒，然而不王者，未之有也。

文中是說：民以食為天。農民耕種收穫的季節，不去徵兵徵工，妨礙生產；不拿細密的漁網到大池沼裡捕魚；砍伐樹木也有一定的時間限制，這樣糧食和魚類吃不完，木材用不盡，從而使百姓對生養死葬沒有什麼不滿，這是王道的開始，是仁政的初步措施。孟子深知，要使民生幸福，必須在此基礎上，解決人民的根本問題即土地問題。每家分給一百畝土地，按時耕種，那麼，幾口人之家就可以吃得飽了；在每戶五畝的宅園中，種植桑樹，五十歲以上的人都可以穿上絲製的衣服了。雞、狗與豬等家畜有飼料和工夫去飼養了，那麼七十歲以上的人都可以有肉吃了。在實行這些措施的基礎上，再開辦學校，對人民進行教育以保證王道的完成。這樣，一般百姓衣食無憂，老年人可以安度晚年，人人都敬老尊賢，世上的人都會擁護你，投奔你，天下百姓無不歸服你。這裡，孟子採用了連鎖推理方式，即以前幾句得出的結論為前提推出新的結論，再以新的結論為前提推出更新的結論。這種方式可增強文章前後的承接關係，使文章新意層出，氣勢充沛。

到這裡，孟子已經描繪了自己王道思想的政治藍圖，但他必須告知梁惠王距此還有很大的距離，因而又回到文章開始的問題上來。梁惠王的政治比起鄰國暴政，只是程度稍輕，必須從政治上的根本改革入手，別國的老百姓才會來投奔。

「五十步笑百步」這個故事，啟示梁惠王，他自身的所作所為與鄰國殘暴統治相比，只是程度不同而已，鄰國民眾不來歸附他是很自然的。孟子正是看到梁惠王尚有一些關心人民的舉措，所以，揭其弊端，宣傳仁政，想把他從「五十步」的地方拉向王道。可是，處在「以攻伐為賢」的時代，梁惠王沒有也不可能實行仁政，在「五十步」的位置上迷途知返，而是向「百步」迅猛跑去。在各種論辯中，孟子一向處於不敗之地，堪稱常勝將軍。他一生曾與梁惠王、齊宣王、許行、告子、淳于髡等諸多人物進行辯論，形成了因人而異、因事而異、理直氣壯、氣勢恢弘、勢不可擋、不勝不止的特點。

在論辯中，孟子常常從他的思想主張出發，首先設置好一個圈套，然後連連設問，步步誘導，使對方漸入彀中，不知不覺地否定自己，最後理屈詞窮，無可置辯，甘心折服。

孟子對齊國可謂情有獨鍾。一生中他曾幾次遊歷齊國，力勸齊宣王實行仁政，在歷史上留下了不少諫說名篇。齊宣王是威王之子，當政時，齊國地大物博，他也廣招四方賢士，企圖以武力征服天下，威懾四方。孟子卻一心要勸說諸侯行仁政，以道德的力量歸服天下，並熱切地希望齊宣王能採納他的主張。

一次，孟子謁見齊宣王。宣王說自己「好樂」。孟子說：「您愛好音樂，那齊國會很不錯了。因為跟多數人一起欣賞音樂更快樂。」過了一段時間，宣王問孟子：「和鄰國相交有什麼原則？」孟子答：「有。以大國身份服侍小國，能夠安定天下；以小國身份服侍大國，可以治理好自己的國家。」宣王不想服侍別國，委婉地稱自己「好勇」。孟子規勸他：「把您的個人之勇擴展為文王一樣的大勇，這樣才能夠安天下。」宣王又以「好財」為藉口，而孟子引經據典，指出宣王如果能跟百姓一道喜愛錢財，那對於實行仁政來統一天下也沒什麼困難。宣王猜想，孟子總不至於說一個愛女色的人也有資格行仁政吧。於是他稱自己「好色」。誰知孟子答道：「從前太王也喜愛女人。王假若喜愛女人，能跟百姓一道，那對於實行仁政也無妨。」

齊宣王以「好樂」、「好勇」、「好財」、「好色」等種種託辭作為搪塞，孟子皆百般化解，並想方設法巧妙地把話題轉移到王道上來，但宣王仍遲遲不行仁政，孟子為此焦慮不已，憂心如焚。於是在一次會見中，他採取了由遠及近、漸入主題的迂迴曲折的方式，也就是「請君入甕」。

孟子深知，如果單刀直入，既惹惱了宣王，又無法實現自己的仁政理想，所以他信手拈來生活中的一件小事：「有個人要去楚國，臨行前，把自己的家人託付給友人照應，等他回來，看到他的妻兒正在挨餓受凍。對待這樣的朋友，應該怎麼辦？」齊宣王不假思索地答道：「與他絕交。」孟子又進一步設喻，追問齊宣王：「掌管刑罰的官員不能管理好他的下級，那該怎麼辦？」宣王語氣堅決：「撤掉他。」至此，齊宣王已漸漸鑽進孟子為他準備好的理論圈套之中。這樣，由小及大、由私到公、由此及彼，圈套逐步縮小，最後進入主題。孟子乘勢追問：「一個國家管理得不好，該怎麼辦？」此句的矛頭直指齊宣王，按照剛才的邏輯，他自然應該回答「罷免這個國家的君主」，但這不明明是自己責難自己嗎！然而，先前的話又已出口，覆水難收，這就使宣王陷入了無話可答、無言以對、無地自容的尷尬境地。被孟子誘導，一步一步進入甕中的齊宣王，這時已無計可施，只好「顧左右而言他」。可以想見齊宣王理屈詞窮、侷促不安、欲辯不能、欲怒不得而又故作鎮定的窘態。

後來，齊宣王任命孟子擔任卿相。他想，儘管有時孟子的話很刺耳，但的確是出於解救人類苦難的善良動機。果然孟子更加積極地參與和議論朝政，為齊國效力，並請求到齊國各地視察民情。孟子不辭辛苦地一連視察了五個地方，了解到不少地方上的事情。當他摸清平陸這個地方的情況後，就去見當地的長官孔距心。孟子沒有開門見山、劈頭就指責孔距心，而是先設計好一個圈套，由遠處的一個話題談起：「如果你的戰士，一天三次失職，你會開除他吧？」孔距心說：「不必等待三次，我早就把他開除了。」聽到這樣的回答，孟子進一步指出孔距心的罪責、平陸的現狀：「災荒之年，你的百姓，年輕的逃亡四方，年老的餓死路旁，已經有將近千人了，這可是你自己失職的地方。」本以為孔距心無話可說了，不料，他卻雙手一攤：「這種事情不是我的力量所能做到的。」孔距心竟然認識不到民生疾苦是他作為百姓父母官的責任。於是，孟子又以一形象、切近的事例為喻：「現在有一個人給別人放牧牛羊，那麼他一定要替牛羊尋找牧場和草料，如果他連牧場和草料都找不到，是把牛羊退還原主呢？還是站在那裡看著它們一個一個地死去呢？」

孔距心一聽，無論是把牛羊退還原主，還是眼看著它們餓死，這都是牧羊人沒有盡到職責。原來孟子是以此來批評他沒有積極想方設法幫助百姓度過災年，對百姓的死活漠不關心，就老老實實地回答：「這是我的過錯了。」孔距心由開始的不認識自己的罪責，到後來親口認錯，不知不覺地否定了自己。

孟子採用的「請君入甕」這種論辯方法，妙就妙在：在對方毫無覺悟的情況下，一步一步地加以誘導，使其逕直走進早已為他設好的理論圈套之中，自我否定，心悅誠服，以此達到論辯中的最佳效果。

是乞丐又是富翁的莊周

莊周是一個奇人。奇人必有奇才，奇才必有奇舉。我們還是先從他的奇舉說起吧。

陽光下，河南境內的濮水緩緩地向前流去。一位衣衫破舊的老人在岸柳下垂釣。兩個峨冠博帶、做官模樣的人，恭敬地站在老人身後，很有禮貌地對老人說：「老先生，我倆奉楚王之命，請您進宮總理朝政！」老人卻依舊手握魚竿，連頭也沒回，淡淡地說：「我聽說楚國有隻神龜，已死了三千年啦，楚王恭恭敬敬地將其屍骨裝入蓋有絲巾的竹箱裡，供奉在廟堂上。我要請教二位：這隻龜，是願意以死而留下屍骨以顯其尊貴呢，還是寧願生而拖著尾巴在泥塘裡爬行呢？」兩位做官模樣的人脫口回答說：「它當然更願意活下來，寧可拖著尾巴在泥潭裡爬行。」老者便說：「你們去吧！因為我就要效法那隻在泥塘裡爬行的龜，自由自在地度過殘生。」

這個故事，出自《莊子・秋水》（下引該書只注篇名）。這位安貧樂道、談吐有趣的老者，就是中國文學史和哲學史上的奇人——莊子。

莊子，名周，是戰國時期宋國蒙（今河南商丘東北）人。他一生窮困潦倒，只做過管理漆園的小吏，而且時間很短。莊子辭官後，就住在偏僻狹窄的陋巷裡，過著貧困的生活，看上去面黃肌瘦，顯得非常疲憊。即使出門在外，也穿著帶補丁的衣服，腳上的破爛鞋子還得綁上麻繩才能跟腳。為了維持生計，莊子釣過魚，編過草鞋，有時甚至還要靠借米度日。生活是這樣艱難，日子是如此難熬，可是當權勢和富貴一同逼人而來時，莊子卻毫不遲疑地將其拋棄，因此便發生了本篇開頭的那一幕場景。他這一出人意料之外的奇舉，卻又讓人深思。

他寧願大半生長時間地忍受著飢寒交迫生活的煎熬，也絕不肯做官以獲得錦衣玉食的物質生活，其原因究竟是什麼呢？這有兩大方面的原因。

首先是源於莊子對於他身處之、目睹之、耳聞之的社會現實的徹底失望和極端憎惡。他不容辯駁地認定，當時的政治現實是「偷了點微不足道的小東西卻被判成死罪，而把整個國家都盜竊過來據為己有，則不但成了作威作福的諸侯，而且還儼然成了仁義的化身」（〈胠篋〉）。在對現實的不滿上，莊子與老子如出一轍；但在揭露現實的黑暗和在揭露中表現出的義憤上，莊子則遠比老子更為大膽，更為激烈。老子依稀是一位飽經歷史滄桑的老者，經歷得太多，見怪不怪，雖有不滿但點到為止；莊子卻彷彿是一個熱血青年，說到痛心處怒髮衝冠，滔滔不絕。從情溢於辭這一點上看老、莊間的差異，也很像孔、孟之間的差異。另一方面，據《史記・老子韓非列傳》記載，莊子是「於書無所不讀」的人。他學富五車，因此在精神生活上是一位十足的「富翁」。精神生活富足了，當然多少總會沖淡一些他衣食窘迫所帶來的痛苦。同時，一個看重精神生活的人，也自然會看重自己的人格、尊嚴和自由，而一旦進入官場，這本為莊子所珍重的自由與人格便會消蝕得一乾二淨，蕩然無存。

這樣一來，莊子對政治黑暗的憎惡，使他不肯駐足官場，所以一生只當了不長時間的漆園吏；對精神生活的重視，使他不願再涉足官場，所以辭官後從未再做官。由此，莊子便成為中國文學史上一位具有創始意義的「不為五斗米折腰」的有氣節的文人。他的物質生活形同「乞丐」，而他的精神生活卻實為「富翁」，如此強烈的戲劇性對比，就這樣十分引人注目地集中在了莊子的身上。

中國有句自我解嘲的俗語，叫「人窮志短」。這是喪失了生之尊嚴的人轉而去蠅營狗苟的遁詞。莊子卻與此截然相反，很有些「窮且益堅，不墜青雲之志」的豪氣。他曾衣著破爛不堪地去面見魏王，而且臉上沒有絲毫的惶恐慚愧之色。因為他認定自己的貧困絕非自己的無能，恰恰相反，而是統治者昏庸無能造成的，自己作為有志之士，「處昏上亂相之間」，是不可能不如此窮困的，自己的衣衫襤褸正明明白白地昭示著這個社會的黑暗和這個時代的不合理。

艱難困苦，玉汝于成。正是由於莊子的生活極其窮苦，社會地位低下，才使他比先秦其他諸子更能深入地了解、認識社會的諸種人，更深切地探究、品味人生的諸種苦難，於是他「嘆蒼生之業薄，傷道德之陵夷，乃慷慨發憤，爰著斯論」（成玄英〈莊子序〉），寫出了被金聖歎呼之為「六大才子書」之一的《莊子》，從而將其滿懷奇才盡情地揮灑在這部才子之作中。他渴望自由，想落天外，筆底大鵬水擊三千里，扶搖直上九萬裡，粲然為李白詩中的大鵬意象提供了原型；他呵孔罵君，旁若無人，一派恣意放談的豪傑氣概，儼然是魏晉名士風流的百世師、先行者；他機鋒銳利、辯才無礙，時時顯現出鬥士的風采，誠然為魏晉玄談的不祧之祖；他痛罵社會、痛哭人生，至情至性，成為後世文人所仰慕的莊狂屈狷的文化範本。

《莊子》完成之日，他已是暮年之人。好友惠施此時已去世多年。莊子曾嘆息著說：「自從惠施死去，我就沒有對手，也就沒什麼可以說了！」失去了與自己勢均力敵的唯一對手，莊子感到了一種真正的又是難言的寂寞，莊子變得沉默了。他在沉默中平靜地等待著自己安息時刻的降臨。

莊子臨終前，弟子們很想通過厚葬老師以示敬重，但莊子幽默地制止了他們，說：「我以天地作為棺槨，以日月作為陪葬的雙璧，星辰作為陪葬的珠璣，以萬物作為殉物，我的葬品難道還不夠齊備嗎？還有比這更好的嗎？」弟子們說：「我們怕烏鴉、老鷹來啄食你呀！」莊子說：「在地面上會被烏鴉、老鷹吃，埋在地下會給螻蟻吃，奪了那個的食物給這個吃，你們為什麼這麼偏心啊？」（《列御寇》）這便是莊子在人生大限將臨時的遺言，沒有一星半點的痛苦憂傷，也沒有捶胸頓足的哀號埋怨，更沒有肝腸寸斷式的對生之留戀和苦苦乞求，有的卻是坦然面對死亡的豁然達觀和超越凡俗之上的安然平靜，即使是面對死亡，他也沒忘記自己的幽默和詼諧，嘴角上一絲嘲諷的微笑，意味深長。

莊子就這樣順其自然地離開了苦難的人世間，就這樣懷著徹底解脫的滿足消融在大自然裡。他留給這個世界一部已經說了千千萬萬、今後還有萬萬千千說下去的《莊子》。

他的貧窮只在生前。

他的富有永在身後。

莊子創立了中國小說體裁

中國小說的起源問題，很像婆媳之間的爭吵，各說各的理。有人說起源於先秦的神話傳說，有人說起源於諸子中的寓言故事，這兩說雖認定的文體不同，但時間上尚屬一致，都把小說的起源上溯到先秦時期。也有人認為起源於漢代的史傳文學，因為在他們看來，史傳文學裡才有了和小說近似的細節虛構、形象刻畫。還有人為了穩妥起見，認為起源於六朝時期的志人志怪筆記。

其實就這個問題，我們不妨多變換一下思考問題的角度，也許會更全面些、更準確些。否則就如同一個幽默故事所講的那樣：六個盲人摸大象，摸到象腿的盲人說大象是柱子，摸到耳朵的人則說大象是扇子，摸到象尾巴的人則喊大象是繩子，如此等等。其實大象既不是柱子，也非扇子，更不是繩子，而是所謂柱子、扇子、繩子等的有機組合。

我們先從小說的外在特點看，小說應有鮮明生動的人物形象，應有曲折動人的故事情節。用這樣的標準來瀏覽莊子的作品，我們就會驚喜地發現，莊子散文裡的寓言故事已具備了小說的雛形，莊子是中國小說當之無愧的鼻祖。

莊子用他那出人意表的筆觸，給我們留下了一系列過目難忘的人物，他們中有本去弔唁老子卻只號哭三聲便掉頭而去，以示不同於眾人的秦失（〈養生主〉）；有被砍去一隻腳，卻不卑不亢地敢於和鄭國宰相子產據理力爭並使之折服的申徒嘉（〈德充符〉）；有因「用志不分」而身懷絕技的佝僂者（〈達生〉），等等。而〈外物〉篇裡的任公子給人的印象更深一些，他以五十頭犍牛做魚餌，站在會稽山頂，投釣於東海萬頃碧波之中，釣了整整一年，卻一無所獲。後來總算有條大魚游過來，卻又大得嚇人，竟一口吞下了五十頭牛做的魚餌。這條大魚疼得上下翻騰，攪得海面上的白波如山，海浪滔天，方圓千里的人全都被嚇得魂飛膽喪。等到任公子神態自若地把這條魚扯上來，剖開晒乾，浙江以東，九嶷山以北，人人都能飽餐此魚。

這條魚之大讓人吃驚不小，使人容易聯想起〈逍遙遊〉裡其大「不知幾千里」的鯤；然而任公子身材之巨、之高更讓人震駭，試想啊，任公子若沒有腳踏大地、昂首天外的巨人身材，怎麼可能把五十頭牛的魚餌甩入東海？又怎麼可能把一口吞下五十頭牛的大魚扯上來？

這樣的人物形象即使是置於世界文學的背景下比較，也為數寥寥，恐怕也只有法國拉伯雷筆下的三代巨人差可比肩，這又怎麼能不令人拍案稱奇、為之叫絕呢？

莊子也用他那善於經營情節的筆觸，給我們留下了不少一波三折的故事，如〈逍遙遊〉裡的鯤之遊化為鵬之飛，如〈秋水〉裡河伯見海神前後神色的巨大反差，如〈應帝王〉裡壺子依次變化自己種種不同的神態、生機戲耍季咸，等等。

這其中以〈盜跖〉篇寫得最有代表性，文章的開篇處就寫孔子自命不凡、頤指氣使地批評柳下季身為兄長，卻放任自己的胞弟蹠成為大盜，並稱蹠為「天下的禍害」，也不聽柳下季的勸阻，滿懷信心地出發了，要替柳下季勸蹠改惡從善。可來到了盜跖的營寨前，孔子又另換了一副腔調，對傳令官說是仰慕跖的「高尚正義」而前來拜會。孔子雖自謙自卑如此，但蹠仍怒氣不休，一口回絕了孔子的要求。若不是孔子詭稱是柳下季介紹而來，恐怕連見上一面的機會都沒有。

孔子見到蹠以後，稱讚蹠是集三種美德於一身的人，並企圖用利祿誘降蹠，可卻遭到了跖的迎頭痛擊，責罵孔子用「矯揉的言論，虛偽的行為，迷惑天下的君主，而想要求取富貴，強盜中再沒有比你孔丘更大的了。天下人為什麼不把你叫做盜丘，而把我叫做盜跖呢？這真是天大的誤會」。接下來又把儒家一向推崇的六大聖君、六大賢人一一罵得一錢不值。

把孔子鬧得又惱又怕，面如死灰，急忙跑出門外，上車後連轠繩也拿不穩，竟三次脫手。以至事後還心有餘悸地對柳下季說：「我是沒事捋虎鬚，幾乎不能免於虎口啊！」

孔子的面諫盜跖，是乘興而來，敗興而去，既有戲劇的對比，又有故事的波瀾，情節起伏跌宕有致，很能吸引人的注意力。莊子對小說情節的把握已經成熟，達到了通過情節的戲劇性變化抓牢讀者，使之不忍釋卷的境界。

但若深入一層看，人物、情節還畢竟都屬於小說的外在特點，只從此角度論說莊子為中國小說之祖怕是單薄了些；還應從小說的內在特質——是否運用了文學的虛構手法這一更關鍵的角度，對莊子作為中國小說之祖加以論說。

《莊子》裡的人物有兩個系列，一類是歷史上實有其人的，如孔子、惠施、列子等；一類是向壁虛構而得的，如王駘、叔山無趾等。後者自不必說，那是貨真價實的虛構性文學人物；而前者也經莊子的發揮想象、任情虛構而面目全非，與真實的歷史人物相去甚遠。我們以《莊子》裡出現次數最多的孔子為例。在〈田子方〉裡，莊子虛構了一段孔子和顏淵的對話。孔子告誡顏淵說，亦步亦趨式的模仿只能獲得道之跡，只有忘卻這些有形之跡，與天地變化合一，才是真正的悟道。這裡的孔子已開始悖離歷史孔子的本來面目，而具有了道家「人法地、地法天」的思想色彩，並講出了一句千古傳誦的名言：「哀莫大於心死。」在

〈大宗師〉裡，莊子筆下的孔子走得更遠，完全站在了與儒家學說背道而馳的對立面，對顏淵的先忘掉仁義，後忘卻禮樂等大逆不道、有悖於儒家宗旨的言論不但不批評，反而非常讚賞，直至最後皈依於道家「坐忘」的說教，完全成了一個不折不扣的道家的思想俘虜。這已與歷史的孔子一點都不沾邊了。雖然莊子還呼其為孔子，但他已經是純粹由莊子在虛構中重新創造出來的孔子，是一個嶄新的人物形象，是一個道家思想的有力傳播者。

小說總會表現出民族氣派和民族風格的，也即每個民族的小說總要表現出民族特色。因此，最後不妨再從此角度對莊子作為中國小說之祖另作一番比較和觀照，看其是否在發軔初期就體現出中國小說的民族氣派和民族風格。

中國的小說從唐傳奇開始，直到屬於繁榮時期的明清小說，形成了一個傳統，都注重對趣味的慘淡經營。他們或從人物的新奇引人下筆，或從情節的新奇曲折著力，在一個奇字上做文章，所以中國最初的小說叫做傳奇，並盡可能地把趣味性與思想性結合得完美。偉大如《紅樓夢》者，不也是把一號主人公賈寶玉的性格基調定為「行為偏僻性乖張」嗎？

由此上溯到《莊子》，在前文論說的種種特徵中，不正可以概括出莊子描寫人物新穎奇特，描摹情節曲折動人，宣揚哲理意味深長的特色嗎？《莊子》的這些特色與中國小說的民族特色何其相似，其間的源流關係不是昭然若揭了嗎？所以我們理應稱莊子是「中國小說的鼻祖」。

《莊子》中的寓言故事

《莊子》一書的總體風格，可稱為「汪洋恣肆」。那麼，《莊子》這一獨有的風格是如何具體、直觀地體現出來的呢？

《莊子》中〈外物〉和〈則陽〉兩篇裡各有一則寓言，會給我們一個形象生動的解答。先看〈外物〉。寓言說的是有一位任公子，站在高高的會稽山頂，用五十頭犍牛做魚餌，然後再用一個碩大無比的魚鉤和一根很粗的繩子作魚線，向東海裡垂釣。然而等了整整一年，也不曾釣得一條魚。可任公子毫不灰心，仍耐心等待。終於有條大魚游過來，竟然一口吞下了五十頭犍牛，也就同時把那更是碩大無比的魚鉤吞了下去。這條大魚疼得在大海裡上下騰躍，左右攪動，只見海面上白浪如山，波濤蔽日，海水湧動，聲如鬼哭狼嚎一般，把方圓千里的人都嚇得魂不附體。

這一場面真叫人驚心動魄！那能拴上五十頭犍牛的魚鉤該有多大呢？那能牽住這個巨鉤的繩子該有多粗呢？那能挽住這個粗繩的魚竿該有多長多粗呢？而那位能把這一系列龐然大物都揮動起來、再拋向遙遠的東海垂釣的人，又應有多麼偉岸的身軀和非凡的神力呢？由此一一想來，任公子手中的魚竿應用一棵頂天立地的大樹做成，任公子只能是一個腳踏大地、昂首天外的巨人。用想象豐富奇特，想常人所不敢想，想常人所不能想一類評語來概括莊子，不僅一點不誇張，而且是恰如其分，非如此則不足以概括、強調他真切的個性之所在。由此可見，《莊子》的汪洋恣肆，體現在場面的宏闊浩大，形象的偉岸博大，所以清代宣穎的《南華經解》，稱莊子的散文往往能「以大筆起」。

再看〈則陽〉篇。此寓言講的是在蝸牛的左角上有一個觸氏國，在蝸牛的右角上還有一個蠻氏國。可見，這兩個國家的地盤小得可憐，小得叫人不屑一顧。可是有一天，這兩個國家為了爭奪地盤而發生了一場慘烈的戰爭，只說倒在地上的死屍就達數萬，為了追擊逃敵，需要半個月才能回來。蝸牛本來就已經是世間的極小之物了，可偏偏就在這極小之物更見其小的觸角上，竟然建有兩個國家，這國家也就愈見其渺小如草芥。那麼，這場殘殺所爭奪的土地又能多大呢？價值又能有幾何呢？恐怕都是微乎其微。那麼發動這場戰爭的統治者又該是多麼的可笑和可悲啊！此時莊子冥想的深微，已不容毫髮，其奇思妙想，出人意料，真有一種讓人嘆為觀止的味道。

以上我們通過莊子的寓言故事，獲得了對「汪洋恣肆」這一斷語的真切直感，由此我們就可以給「汪洋恣肆」以一個更通俗的解說，即寬宏大量、豪放不羈。

說起莊子，人們總會很自然地想起他的名篇〈逍遙遊〉，而〈逍遙遊〉裡著力刻畫並被置於開篇處的大鵬形象，更給人留下了難以忘懷的印象。大鵬原本是北海裡的一條魚，名字叫鯤。它大得出奇，竟沒法知道它有幾千里。突然，它奮力一躍，眨眼間又變成了讓人駭人聽聞的一只巨鳥，從大海裡破浪騰空而出，它這時的名字叫做鵬。鯤本來就已經大得叫人驚奇了，可相比之下，鵬則大得更使人驚恐，單單是鵬之背，就不知道有幾千里，這還沒算上它的頭尾和兩翅。當它怒張羽毛、奮然高飛的時候，真是遮天蔽日，天地也頓時為之陰暗下來。它要等待海上颶風大作的時候，飛往遙遠的南海。在飛行的過程中，它那分外有力的雙翅，拍擊著洶湧的海浪，激起的水花高達三千里；與此同時，它還搏擊著猛烈的旋風，直上九萬里的高空。真可謂其變也神速，其大也神奇，其飛也壯觀。這便是《莊子》一書的首篇〈逍遙遊〉所描繪的鯤鵬巨變、大鵬飛天的壯闊境界。

中國有句廣為人知的古話，叫「成者王侯敗者寇」。那麼，在中國歷史上，是誰最先發現這一系列具有重要價值的問題呢？是思想敏銳而又獨特的莊子。他在〈胠篋〉裡，察人之所未察、言人之所不敢言，鮮明地提出了一個特殊的公式——王倮　大盜：「那些偷竊帶鉤一類的小偷遭誅殺，盜取國家為己有的大盜卻成為諸侯，還恬不知恥地宣稱仁義只存在於諸侯之門。」為了印證自己發現的這個特殊公式，莊子為此虛構了一個十分幽默詼諧、卻又引人深思的場面：

一次，盜跖的徒弟問蹠說：「盜賊也有道嗎？」蹠說：「哪裡能沒有道呢？能夠猜到室中儲藏的財物是聖，進去偷盜敢於當先是勇，出來時敢於斷後是義，知道能不能下手去偷是智，分贓公正平均是仁。不具備這五點而能成為大盜的，天下從來沒有過。」

曾被儒派聖人標榜的仁義禮智勇等美德，就這樣順暢圓滿地被盜賊運用到他們的醜行之中。儒家聖人嘔心瀝血的理論創造，不過是給竊賊提供了一個自我吹噓炫耀的思想武器。莊子對儒家聖人及其主張的戲弄揶揄，真讓讀者忍俊不禁、笑從中來。在儒家學派那裡最有價值的思想，在莊子看來竟一文不值。

莊子這種褻瀆王侯、嘲笑顯貴、戲弄聖人的大無畏精神，對後世詩人的心理及文化人格產生了深遠的影響。

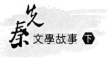

「庖丁解牛」的寓言故事

「庖丁解牛」是《莊子》裡一個廣為人知的寓言。

庖丁是梁惠王的廚師，當他解牛時，手觸肩頂、腳踩膝抵等各種動作，牛的骨肉分離所發出的聲響，還有進刀解牛時發出的響聲，都無不像音樂的節奏那樣輕鬆流暢，無不像舞蹈的節拍那樣令人陶醉。這一切讓在一邊觀看的梁惠王看得心花怒放，如醉如痴，情不自禁地讚嘆道：「啊，妙極了！你的技術怎麼會高超玄妙到這種地步？」

庖丁悠然自得地放下刀，回答說：「我所愛好的是道，這已經越出了技巧的範圍。當初我解牛的時候，看到的是整體的牛；三年後，我就再也看不到整頭的牛啦。現在我解牛時全憑心領神會，而不需要用眼睛看。好的廚師一年換一把刀，他們是用刀割；一般的廚師一個月換一把刀，他們是用刀砍。我的刀用到如今已經十九年了，解過的牛也有幾千頭，可是刀刃還像剛剛磨過一樣。牛的骨節間有縫隙，刀刃卻薄得沒有厚度，用沒有厚度的刀刃切入有縫隙的骨節，寬寬綽綽，刀刃的游動運轉，肯定有足夠的餘地。雖然如此，每碰到筋骨盤結的地方，我意識到它很難下手，馬上小心警覺，目光炯炯，動作放慢。動刀雖然很輕，整條牛卻嘩啦一聲立刻解體了，就像泥土四散開來。我提刀四顧，得意洋洋，心滿意足。」梁惠王說：「好啊，妙啊，我聽了庖丁的這番話，就懂得養生的道理了。」這就是莊子為我們展示的庖丁解牛的畫面。

為了把這既豐富又抽象的思想表達得通俗易懂、形象生動，莊子在〈人間世〉裡講了櫟樹和樹支離疏的故事。有一棵被供奉為土地神的櫟樹，它的巨大樹陰能遮護住幾千頭牛。樹幹有一百圍那樣粗，樹身高出山頂，八十尺以上才長出枝丫，而且那枝丫可以做船的就有十幾根。圍觀這棵樹的人像趕集一樣。一位姓石的木匠卻連看都不看一眼，只顧匆匆地趕路。他的徒弟飽看了一回，追上師傅說：「我跟您學藝以來，從未見過這樣好的木材。您卻不屑一顧，不停地趕路，這是為什麼呢？」石木匠說：「算了吧，不要說它了。那是棵沒有用處的樹。用它造船會沉下去，做棺槨會很快腐朽，做器具會很快毀壞。正是因為它沒有絲毫用處，所以才會這樣長壽。」

後來，櫟樹托夢給石木匠說：「你要把我和有用的樹木相比嗎？果樹是有用的，可果實熟了就要採摘，而在採摘的過程中，果樹就要遭到摧殘。大枝被折斷，小枝被扭曲。這正是由於它有用而招來了傷害，所以也就無法享盡天年而中途夭亡。所有的事物無不如此。更何況我追求毫無用處的境界已經很久了！這就是我的大用。假如我也有用，還能夠長到這麼大嗎？」

應該說莊子通過櫟樹的寓言，主張持久地追求無用，畢竟還只是一種手段，一個過程；借助這手段所要達到的目的，憑藉這過程所要到達的歸宿，卻是「逍遙遊」，也就是〈人間世〉所標榜的「大用」。

列子駕風遊仙島的傳說

列子，即列御寇，鄭國人。在古籍裡又被寫作列圄寇、列圉寇，他的事蹟較多地記載在《莊子》和《列子》兩書中。

總體上看，列子應屬道家人物，所以《呂氏春秋‧不二》說：「子列子貴虛。」這裡的「虛」即虛靜無為，一切順應自然，但與道家人物深入細緻地比較，他身上又多了一層神仙的色彩。如《莊子‧逍遙遊》裡把他描繪成為「御風而行，泠然善也，旬有五日而後反」，這與老子、莊子硬被後世道教附會為神仙是不一樣的。

但列子又認為人不能長生不死，有生必有死，該生自然會生，該死自然會死，這才是正確的人生態度，這就又與秦漢時的神仙思想有了本質的區別。

列子的神奇在於他拜老商氏為師，以伯高子為友，從而把兩人的本領都學到了手，而後能乘風而行，免除了一般人的雙腳行走之苦。他的駕風而行，已經到了出神入化的程度，以致「竟不知風乘我邪？我乘風乎？」（《列子．黃帝第二》）與那來去無蹤、遊走八方的風完全融為一體，達到了世人不勝仰慕的自由境界。

列子本身也已成為中國文學史上的一個具有重要意義的形象，他那駕風而行的超然形象，寄託了古人對自由的心馳神往和對更廣闊天地的熱情憧憬。這對於我們這個崇尚樸厚務實的農業民族來說，具有很特殊的文學意義，並產生了深遠的積極影響。

蘇東坡的〈水調歌頭．明月幾時有〉，是一篇千古絕唱，那裡的「我欲乘風歸去，又恐瓊樓玉宇」雲雲，顯然是從列子的「竟不知風乘我邪？我乘風乎」裡點化而出，藉以表達他那渴望超越世俗的一片高潔情懷；〈前赤壁賦〉所展現的「羽化而登仙」的超遠胸襟，是借助於「清風徐來」的愜人意境直接生發出來的。由此可見，列子禦風而行，給蘇軾多少靈感和啟迪啊！

列子作為一個不朽的文學形象，其意義還在於它開創了中國古代遊仙文學的主題。在後世文人的心目中，列子的駕風而行還只是一種手段，目的是在於擺脫塵世俗務的羈絆，而獲得一塊世外淨土。具體體現在《列子》書中，便是海上仙山的建構。

〈湯問篇〉說：渤海的東面，不知幾萬里的地方，有一個很大的無底深淵，名叫歸墟，普天下的江河湖海，全部流到那裡。可那裡的水，從不上漲，也不下降，可見歸墟有多麼大和多麼深。歸墟中有五座山，它們叫岱輿、員嶠、方壺、瀛洲和蓬萊。每座山高低延伸三萬里，山頂的平坦處也有九千里。山與山的距離達七萬里，卻互相認為是鄰居。山上有金銀珠寶建成的樓台宮殿，還有純白色的珍禽異獸。樹上結滿了密密麻麻的珠玉寶石，花朵與果實的味道都很鮮美，吃了就可以長生不老。住在那裡的人，都是道法無邊的仙人，日日夜夜飛來飛去，數也數不清。

唯一讓人遺憾的是，這五座山的根部並不相連，常隨著海水的湧動而上下浮沉，不能有一刻的穩定。仙人們便到天帝那裡訴苦。天帝也擔心這五座仙山流到西邊去，使眾多的仙人失去住所，於是便命北方的大神禺強指揮十五隻大鰲抬起頭，把這五座山頂住。它們分為三班，六萬年一換。這五座山才開始穩定下來，不再漂動。

但是龍伯之國有個巨人，抬起腳沒走幾步，就來到這五座山的旁邊，一鉤就鉤上了六隻大鰲，合起來背上，回到自己的國度，然後燒烤大鼇骨來占卜吉凶。於是岱輿、員嶠二山便流到了最北邊，沉入了大海，仙人們因此而不得不流離遷徙者數以億計。

原來的五座仙山，現在只剩下方壺、瀛洲和蓬萊三座，人們便習慣地簡稱為「蓬萊三島」。因為在人們理想中，那也是無比美麗的仙境，是清雅脫俗的去處，所以把它稱為「蓬萊仙境」。

李白的〈夢遊天姥吟留別〉詩中「海客談瀛洲，煙濤微茫信難求」二句，就表達了一種思神仙而不得的惆悵和無奈；白居易在〈長恨歌〉詩中，以「忽聞海上有仙山，山在虛無縹緲間」二句，表達了對楊貴妃愛情悲劇的無限同情，所以才將死後的楊貴妃安頓在高潔優美的仙山中。不難看出，列子開創的遊仙主題及其仙山意象，給唐人的詩歌以多麼深厚的影響啊！

學習幻化之術的老成子

老成子是一位經過痛苦思考而終於大徹大悟的得道之人。《列子．周穆王》說，老成子向尹文先生學習幻化之術，而尹文先生竟連著三年都沒有傳授給他。老成子憤憤不平地質問尹文先生，自己究竟錯在何處？並以退學相威脅。尹文先生向他作揖，領他到室內，讓左右的人都離開房間，然後充滿玄機地對老成子講：

> 過去老聃往西邊去，回頭告訴我說：一切有生命的氣，一切有形狀的物，都是虛幻的。創造萬物的開始，陰陽之氣的變化叫做生，叫做死，熟悉這個規律又能順應這個變化，根據具體情形而推移變易的，叫做化，叫做幻。創造萬物的技巧很微妙，功夫高深，本來就難以全部了解，難以完全把握。懂得了幻化與生死沒有什麼不同，才可以學

習幻化之術。我和你也在幻化著，為什麼一定要再學呢？

老成子若有所悟地回去了，他把尹文先生的話冥思苦想了三個月，終於能自由自在地時隱時現，又能變亂四季，使冬天打雷，夏日結冰，使飛鳥在地上走，走獸在天上飛。但終生沒有把這些幻術寫下來，因此後來也就沒有能傳下去。

這個寓言富有神奇性。如冬日雷聲盈耳，夏季冰雪滿目，「走者飛，飛者走」。老成子的幻化之術是驚人的。這實際上是積澱了上古人們在生產力極其低下、遠不足以與自然力相抗衡的窘迫狀況下，渴望征服自然、主宰自己命運的創造進取精神和大膽的想象。人類的文明發展到今日的輝煌燦爛，固然與人類的創造進取密不可分，但創造和進取的第一步，無疑是靠著人類那種神奇的想象力。所以西方的哲人講，想象是人類最富有創造精神的一種能力。我們也可以說，想象是人類進步的原動力。而這則寓言正是以奇麗的想象，激發起人們強烈的創造慾和征服欲。

此外，這則寓言雖然字數不多，但人物性格卻塑造得頗為鮮明。老成子以退學威脅時的血氣方剛、怒氣沖天，得到點撥後的幡然醒悟，面壁三月的深沉和執著，學幻有成後不肯以著書邀名的淡泊通脫等等，都給人留下了深刻的印象。文中所寫雖然僅是他人生歷程的幾個片段，但按照作者描述的邏輯過程看，是經歷了由不成熟到成熟的發展過程。他從一個鋒芒外露的人，漸漸成長為身懷絕技卻能鋒芒內斂、洞曉世態的人。

與老成子形象的塑造相表裡，尹文先生的形象也很傳神，這是一位能夠看準並抓住最佳時機的人，也是一位善於營造傾談氛圍的人。他那段樸實裡暗含玄機的談話，如果不通過屏退左右之人來營造一種神秘的氛圍，很可能讓老成子產生一種三年苦伴卻橫遭戲弄的感覺。這些都表現了尹文先生的胸有城府和富於心機的性格特點。

俞伯牙鍾子期相會會知音

在我國音樂史上，〈高山流水〉是一支著名的古曲；在我國的音樂鑑賞理論中，「知音」是一個很重要的概念。而這支名曲、這個概念，都與俞伯牙和鍾子期密切相關。

俞伯牙是春秋時期著名的音樂家，楚國人，在晉國為高官，任「上大夫」。一次，他奉晉君之命出使楚國，在返回晉國的途中，正值中秋佳節的夜晚，俞伯牙的乘船，停泊在漢口。他一面觀賞讓人醉心的無邊月色，一面拿來瑤琴，輕輕彈奏。

突然間，瑤琴上的一根弦「鏗」的一聲斷了，俞伯牙知道有人在偷聽他的演奏，立即派人出去尋找。不久，便找來了一個年輕的樵夫。

俞伯牙問樵夫：「我的彈奏你能聽懂嗎？」樵夫回答說：「大人彈的是『孔子嘆顏回』吧？」俞伯牙頗感意外，馬上以禮相待，並且親切攀談起來。俞伯牙和樵夫談論琴理，樵夫非常內行，應對自如，俞伯牙喜出望外，對樵夫說：「有一回孔子正在屋裡彈琴，他的得意門生顏回從外邊進來，忽聽出琴聲裡有殺伐之意，不免一驚，問明之後，才知剛才孔子彈琴之際，有隻貓正在一步步向老鼠逼近。孔子見此情景，不由自主地在感情上受到影響，並不知不覺地在琴聲中把它表現出來了。像顏回那樣，真可算得上是知音了！現在我來彈琴，你試著聽聽我在琴聲裡表現了什麼？」

俞伯牙舉頭望見了高山，就在琴聲裡表現山的雄偉高峻，樵夫聽了，馬上說：「巍巍乎意在高山！」俞伯牙又面對江水，在琴聲裡表現了江水的洶湧奔流。樵夫聽了，說道：「蕩蕩乎志在流水！」

俞伯牙大喜過望，說：「你可真是我難得的知音啊！」這才想起問樵夫的姓名，知道他姓鐘，名子期。二人忘卻了彼此社會地位的懸殊，結為兄弟，在船上暢談了一個通宵。天明臨別時，俞伯牙和鍾子期約好，明年再回楚國時，一定專程到鐘家去拜訪。

可是，等到第二年俞伯牙如期去拜訪鍾子期時，鍾子期已經離開了人世。俞伯牙痛不欲生，跪在鍾子期的墳前，彈了最後一曲，然後便把瑤琴摔了個粉碎，表示從今以後再不彈琴，因為痛失真正的知音，彈琴還有什麼意義呢？

伯牙、子期的故事，有深長的悲劇韻味。這種悲劇性體現在兩個方面：一是知音的本來難覓，二是知音的別多會少。由此加劇了中國文人對孤獨心態的感悟，這既給人以痛苦哀傷，也賦予他們以擇友甚嚴、決不苟合的文化品格。如唐代劉禹錫與柳宗元在患難中的相濡以沫，李白和杜甫在艱險時相互關切，都是中國文學史上「知音」間甘苦與共、生死不渝的高風亮節，而這一切又都是以伯牙、子期會知音的傳說為先導的。伯牙、子期的故事，對後世文人仰慕友誼、崇尚義氣，起了巨大的影響作用。

《商君書》與「屈死」的商鞅

商鞅，姓公孫，名鞅，是衛國貴族的後代，所以也稱衛鞅。他年輕時就喜歡刑名法術之學，在吸取前人思想的基礎之上，逐漸形成了自己的理論體系。他的這種理論，集中體現在《商君書》中。《商君書》原有二十九篇，現存二十四篇，其中大部分出自商鞅之手，少部分是其他稍後的法家學者的作品。可以說，它是商鞅這一法家派別的遺著彙編，也是法家文學的早期代表。

公孫鞅還在魏國時，秦國國勢落後於東方六國。孝公即位，決心變法圖強，他下令求賢：如果誰能出奇計使秦國富強起來，就封他做大官，賞給他土地。公孫鞅聞聽此消息，非常欣喜，他立志西赴秦國，幹一番驚天動地的偉業。他依靠孝公寵信的一個姓景的太監引薦，得以謁見孝公。在見面之前，商鞅冥思苦索，拿不定主意，該用「王道」說服孝公呢，還是該用「霸道」去勸說他呢？最後，他決定先用堯舜治國方法去試一試。孝公召見時，公孫鞅就把堯舜的治國之道說得洋洋灑灑，有聲有色。但不一會兒，他卻發現孝公早已在一旁打起瞌睡，一點兒也沒聽進去。事後，孝公還遷怒景太監說：「你引薦的客人真是大言欺人的傢伙，這種人怎麼能任用呢！」景太監心裡也頗為不快，再見到公孫鞅時，就用孝公的原話責備了他一頓。公孫鞅不死心，他又一次求見孝公，並改用禹、湯、文、武的治國方法去勸說，把治國之道說得淋漓盡致。可是，這回還是不合孝公的心意。事後，孝公對景太監說：「你的客人還是老一套，讓他走吧，你怎麼能把這樣的人引薦給我呢？」景太監見到公孫鞅時，把一肚子的火氣發洩了出來，狠狠地數落了他一番。公孫鞅央求景太監道：「請您息怒，再幫一次忙吧！您的恩德我永世不忘！」當公孫鞅又一次見到孝公時，轉而大談春秋五霸的強國方略。這次，孝公果然面露喜色。公孫鞅走後，他對景太監說：「你的客人果真不錯，我可以和他談談了。」公孫鞅對景太監說：「如果再召見我一次，我就知道該說些什麼了。」當公孫鞅再次拜見孝公時，他口若懸河、滔滔不絕地講法家治國圖霸之術，孝公一會兒點頭，一會兒插話，不知不覺地在墊席上向前移動膝蓋，兩人談得非常投機，連談幾天也不覺厭倦。孝公終於下定決心，任用公孫鞅，變更法度。他隨即在宮中召集群臣，商討變法大計。以甘龍、杜摯為代表的舊貴族，提出種種藉口，極力反對變法，公孫鞅則堅持己見，嚴辭批駁。公孫鞅得到了孝公的支持，終於制定出變法的命令。

公孫鞅深知，因循守舊是人們的傳統心理和生活方式，他要實行改革，不能沒有充分的準備。所以，在新法尚未公布前，他左思右想，心生一計，便在都城南門豎起一根長約三丈的木頭，宣布：「誰能把木頭搬到北門，誰就能得到十斤黃金。」趕來看熱鬧的人們都覺得奇怪：這樣簡單的事情，哪能值這麼多錢？因而沒人敢動。接著，公孫鞅又把賞錢增加到五十斤黃金。這時出來一個膽大的人，把木頭搬過去了。公孫鞅當即下令，賞給他五十斤黃金，以此表明自己令出必行，絕不食言。這件事很快流傳開了。人們都知道公孫鞅是個言而有信的人。公孫鞅見時機已成熟，就正式頒布了新法。

新法的主要內容有：第一，加強治安。把十家編成一什，五家編成一伍，互相監視檢舉，一人犯法，別人必須告發，否則十家都要判罪。第二，獎勵生產。糧食豐收、布帛增產的，可免除勞役和賦稅。從事工商業及懶惰貧窮的，妻孥收為官奴。第三，獎勵軍功。立有軍功者可按標準升爵受賞，沒有軍功的貴族也只享受平民待遇。明確尊卑爵位的等級，各按等級差別占有土地、房產。

新法的實行，給秦國帶來富強。周天子把祭肉賜給秦孝公，各國諸侯也都來祝賀。後來，孝公為了成就帝王的偉業，派公孫鞅率軍隊攻打魏國。魏國派公子昂領兵還擊，兩軍形成了對峙的局面。公子昂過去曾是公孫鞅的朋友，公孫鞅便遣人給他送去一封信，上面寫道：「我當初與公子相處甚歡，現在各為其主，兵戎相見。我實在不忍心彼此攻打，想與公子當面結盟，快樂地飲上幾杯，然後就撤兵，讓秦魏兩國相安無事。」魏公子昂信以為真，前來結盟。背信棄義的公孫鞅早已埋下伏兵，在酒宴上俘虜了魏公子昂，並突然襲擊，打垮了魏國的軍隊。公孫鞅凱旋回到秦國後，秦孝公賜給他商於十五邑，封號為商君。從此以後，人們就把他稱做商鞅了。

商鞅出任秦相十年，力主變法，以法治國，雖然促進了秦國的發展，但同時也以嚴刑酷法招致許多人（特別是貴族）的怨恨。有一個叫趙良的人勸商鞅道：「您懲治了太子的師傅，不僅在商於面南稱君，還天天用新法來逼迫秦國的貴族，您的處境就像早晨的露水一樣，很快就有消亡的危險。您為什麼不把商於十五邑封地交還秦國，到偏僻荒遠的地方去澆園自耕，以頤養天年呢？如果還是這樣下去，秦王一旦崩逝，您喪身的日子也就為期不遠了吧！」商鞅卻根本聽不進趙良的勸告。

公元前三三八年，秦孝公去世。太子即位，這就是秦惠文王。舊貴族終於盼到了報復商君的機會，公子虔等人誣告商君謀反。惠文王曾觸犯新法，被商鞅定了罪，把他的師傅判了刑，他也一直懷恨在心，隨即下令逮捕商鞅。商鞅聞訊後倉皇逃跑。他逃到邊境關口，想住旅店。店主人不知他就是商鞅，不肯接納，說：「商君有令，住店的人若無證件，店主要連帶判罪。」商鞅長嘆一聲，說道：「唉！不想我親手制定新法，竟然到了危及我自己的地步！」他又逃到魏國，魏人怨恨他欺騙公子昂、打敗魏軍的不義之舉，拒絕收留他。他潛逃回封地商邑，發動邑中士兵，北攻鄭國，謀求生路。秦國派兵前來攻打，把他殺死在鄭國的澠池。秦惠王不僅把商鞅五馬分屍，還誅滅了他的全家。

司馬遷在《史記》中曾寫道：「商君天資刻薄，是個殘忍少恩的人。他刑罰公子虔，欺騙魏將公子昂，不聽趙良的規勸，都足以證明這一點。」也許正因如此，他年輕時就甚喜刑名法術之學，憑此而顯赫一時，威震天下，也終因此招來殺身之禍。但他的《商君書》一書，卻成為傳世之作。這是戰國時代法家的一部重要著作，其中闡明了他的政治思想和法治主張，論述了秦國的政治、軍事制度等。它在戰國末期已廣為流傳，不僅對當時社會產生一定積極影響，同時也影響到後來的法家文學創作。

《戰國策》裡的縱橫家蘇秦

蘇秦是戰國時代最著名的縱橫家之一。他以「合縱」而聞名於世，但最初他是主張「連橫」的。「連橫」失敗，轉而「合縱」，就這樣，他東遊西說，南北奔波，足跡遍布大江南北，聲音響徹七國宮廷，終於獲得了成功。《戰國策》中留下了他很多故事，其中最精彩的當數〈蘇秦始將連橫〉一章，記載了他從失敗到成功的傳奇經歷。

蘇秦最初以「連橫」主張遊說秦惠王。他先以富於鼓動性與煽動性的語言，盛讚秦國地利、人眾、物豐、財富、兵強、主賢的大好形勢，以證明秦國一定可以據此而「並諸侯，吞天下，稱帝而治」。他的這番說辭，既有切合實際的分析，又有策士的舖張誇大，具有極強的煽動性。但秦王並未被他打動，反而以條件不成熟為理由，委婉而又堅決地拒絕了他，使蘇秦碰了個軟釘子。但以蘇秦的性格，他絕不會就此罷休，果然，他對秦王又展開了更有力的說服工作。

他首先用了一個激將法，希望以此來激起秦王的雄心，而後又滔滔不絕地引古論今，闡述戰爭的歷史作用，並再次以更具誘惑力的話故意刺激秦王，做此番遊說的最後一搏。但秦王仍然拒絕了，秦王的拒絕，顯示了其鮮明的個性，雄心勃勃而又謹慎穩重，希望謀略之士的輔佐而又絕不盲從。

蘇秦的「連横」行動失敗了，而且失敗得很慘，「書十上而說不行，黑貂之裘弊，黃金百斤盡，資用乏絕，去秦而歸」，這段描敘雖然簡略，但已初步展示了蘇秦性格的某些特點，「書十上而說不行」，不僅僅記載了他的失敗，更刻畫出他鍥而不捨、堅忍不拔的性格特點；「去秦而歸」則表現了他靈活機敏、見機行事的縱横家本色。這篇文章裡的心理刻畫也很成功，蘇秦由失敗到成功，蘇秦的傳奇故事似乎是應該結束了，但作者卻又為他加上了一個饒有趣味的尾聲。

蘇秦說楚，路過家鄉洛陽，這一部分主要是對他家人態度的描寫，與他落魄歸家時家人態度的描寫，形成了鮮明的對比，具有強烈的諷刺意味。「父母聞之，清宮除道，張樂設飲，郊迎三十里」；他的妻子則是「側目而視，傾耳而聽」；他的嫂子就更為滑稽可笑，竟「蛇行匍匐，四拜自跪而謝」。蘇秦與他嫂子的對話，不但充滿了諷刺意味，揭露了世態炎涼，還留下了「前倨後恭」這一形象生動的成語，成為人們對那些趨炎附勢、逢迎拍馬的小人進行嘲諷的絕妙好辭。

蘇秦的刻苦讀書，留下了千古佳話，鼓舞著一代又一代的苦學之士，並與漢代孫敬以頭懸梁而苦讀的故事一起，被收入中國古代的蒙童讀物——《三字經》：「頭懸梁，錐刺股」，以此作為教育兒童刻苦讀書的最佳典範。如果不去追究蘇秦如此苦讀的目的，僅就學習的勤奮與刻苦而言，他稱得上千古華夏第一人，是值得所有讀書人學習的。

張儀：危言聳聽的說客

張儀，戰國時代最著名的縱橫家之一，以散縱連橫而聞名於世。他原本是一個沒落的魏國貴族的後代，曾求見魏惠王，但未被重用，於是去魏奔楚。他在楚國的遭遇更是不濟，楚威王根本就沒有見他，只好投在令尹昭陽的門下為客。有一天，昭陽大宴賓客，把楚國的國寶「和氏璧」拿出來給大家傳看，傳來傳去，忽然之間，「和氏璧」不翼而飛。此時，窮困潦倒的張儀也恰逢其會，昭陽懷疑是他偷了「和氏璧」，叫手下把他打得遍體鱗傷、奄奄一息，然後把他送回家去。張儀一回到家，就讓妻子看看他的舌頭是否還在，他說，只要舌頭在就不怕。此後，他又說遍各國，終於在秦惠文王十年（公元前三二八年），被任為秦國的大良造（秦最高的官職，相當於相國，後稱為相），開始了他以卿相之位遊說諸王的政治生涯。為促成連橫之勢，他以三寸不爛之舌，說遍六國君主。魯迅曾說：「戰國時談士蜂起，不是以危言聳聽，就是美言動聽，於是誇大、裝腔、撒謊層出不窮。」（《偽自由書．文學上的折扣》）其中的「危言聳聽」恰是對張儀說辭的準確評論。

張儀為連橫而勸說齊王的說辭，充分體現了「危言聳聽」的特點。他首先用簡潔有力的語言，駁斥了合縱之說，然後以春秋末期的齊魯之戰為引子，引出相類似的秦趙之戰。齊魯三戰而魯三勝，但齊國卻滅了魯國；趙秦四戰而趙皆勝，但國力消耗過大而導致危亡，以此來說明秦國勢力的強大。作了這樣的鋪墊後，他開始以「危言聳聽」來威嚇齊王：

今秦、楚嫁子取（娶）婦，為昆弟之國；韓獻宜陽，魏效河外，趙入朝黽池，割河間以事秦。大王不事秦，秦驅韓、魏攻齊之南地，悉趙涉河關，指摶關，臨淄、即墨非王之有也。國一日被攻，雖欲事秦，不可得也。

整篇說辭，對齊國的優勢略無涉及，而是極力渲染秦國勢力的強大，並以與楚的聯盟來威脅齊王，特別是以韓、趙、魏的割地臣服加以佐證，更具有說服力。說之未服，則繼之以威嚇，描寫秦驅三晉之兵以攻齊，並以詳細的戰略陳述，陷齊王於「四面楚歌」之中，雖屬假設，但因描繪具體，造成一種恐怖的氣氛，使齊王如目睹國破家亡的慘景一般，令他毛骨悚然，懼而從命：「請奉社稷以事秦。」

張儀說楚王，則用了兩面手法，不但迫之以勢，而且誘之以利。他首先用鋪張揚厲的口吻，向楚王強調了秦國的山川地勢之險、車騎糧米之富、軍隊勇士之眾。在如此強大的勢力面前，楚如不臣服，秦仍將合三晉之力以攻之，並具體地陳述了攻楚的方案，順江而下，三月之內楚亡，諸侯的救援是來不及的。而後，又以秦楚漢中、藍田之戰中楚的慘敗，對楚王進一步威嚇。在他如此形象的描繪下，楚國的滅亡，似乎已經發生了一般，給楚王以心理上的重壓。在對楚王進行了足夠的威嚇之後，張儀又對他誘之以利，共進中原，各得其利，且許以約盟互質，奉美女，獻大邑，結為兄弟鄰邦。在那樣強大的威嚇之後，再繼以利益相誘，楚王自然心動臣服，「敬以國從」，且獻珍寶奇玩於秦王。

在說楚王時，張儀極力選擇那些具有誇張、威嚇性的語言，對楚王進行脅迫。在描繪秦的強大國力時，用的是「秦地半天下，兵敵四國，被山帶河，以為固。虎賁之士百餘萬，車千乘，騎萬匹，粟如丘山」這樣的句子；在陳述攻楚的便利條件時，用的是「秦西有巴蜀，方船積粟，起於汶山，循江而下，至郢三千餘里。舫船載卒，一舫載五千人與三月之糧，下水而浮，一日三百餘里……」這樣的句子；在舉漢中、藍田之戰時，用的是「楚人不勝，通侯、執圭死者七十餘人，遂亡漢中」這樣的句子。

張儀在說韓、趙、魏、燕四國之君時，雖具體的方式、說辭有所不同，但「危言聳聽」這一特點是共同的。

趙國是蘇秦發跡的地方，也是大規模合縱的軸心之一，所以張儀說趙王時，就採取了另一種方式。他首先說，因趙王率天下以擯秦，秦國人已十五年不出函谷關了，但秦人含怒之日久矣，早已秣馬厲兵，欲攻邯鄲，以此向趙王挑戰。而後又駁論蘇秦的合縱之策，以蘇秦被車裂棄市為其論據。再對趙王作天下形勢的分析，秦楚一家而韓、魏稱臣，齊割魚鹽之地，這等於斷了趙的一臂，秦與齊、韓、魏將合力破趙，四分其地。如此危言聳聽，使趙王不得不割地臣服。

韓、魏兩國，都是比較弱小的，張儀的說辭則更顯得驕狂，都是先從兩國的貧弱入手，既無山川地勢之利，又無車騎米粟之富，更無眾多的師旅士兵，根本無力與秦抗衡。對魏王，直接以勢力相脅迫，若不事秦，則加之以師旅，若能事秦，非但不加攻佔，反而可以得到秦的保護；對韓王，則以孟賁對怯夫、烏獲對嬰兒、集千鈞之重於鳥卵之上為比，極言強弱不敵。在如此的威嚇之下，兩國自然獻地稱臣。

張儀對燕王的說辭，相對比較簡單。先舉趙王陰謀害死代王的事例，說明趙的狠毒與不可親近，以絕燕趙結盟之念。又舉趙王已經臣服割地的事例加以誘導，說燕王事秦，否則，將舉兵攻之，並以事秦之利相誘，使燕獻地稱臣。

縱觀張儀的說辭，他這種「危言聳聽」的特點，首先取決於秦國勢力的強大，有了強大的國力做後盾，他才能夠以一種居高臨下的威逼口吻去對六國之君講話，所以，每每在他說辭的後半部分，都會出現這樣的句式：大王不事秦，將如何如何。另外，從他說六王的目的看，連橫就是合眾弱以事一強，因而，在他的說辭中，極力地強調秦的強大、六國的弱小，使六國不得不脅從，如此形成了他說辭的特點。

從他與蘇秦說辭對比的角度看，蘇秦的說辭美言動聽，而張儀的說辭危言聳聽；蘇辭較婉轉，張辭較強横；蘇辭以利相誘，張辭以勢相逼。從語言形式而言，二人的說辭都對漢賦的鋪陳寫法產生了很大的影響。

鄒忌智諷齊威王

鄒忌是齊威王的賢相，在政治上卓有遠見。他以善諫而聞名，齊威王正是在他與淳于髡的諷諫下開始振作起來的。淳于髡的進諫，留下了「不鳴則已，一鳴驚人」和「不飛則已，一飛沖天」的典故；而鄒忌的進諫，不僅使齊威王振作，更使齊威王懸賞徵諫，留下了從諫如流的美名，並使齊的國力不斷發展壯大，成為戰國時代的東方強國。

即位之初的齊威王，不理朝政，沉迷於酒色歌舞，齊國的國勢漸漸地衰落下去。鄒忌對此心急如焚，但他只是一個普通士人，雖然滿腹經綸，卻無法親見齊王，表達自己的見解，施展自己的政治才能。後來，他聽說齊王喜好音樂，便心生一計。

一天，齊威王在宮中正玩得百無聊賴，忽聽有人稟報，說宮外有個人，自稱鄒忌，頗善彈琴，因為聽說大王喜愛音樂，特來獻技。威王聞報，精神倍增，立即召見了鄒忌。參見完畢，齊威王迫不及待地催促鄒忌彈琴，只見鄒忌緩緩地把琴取出，慢條斯理地放好、調弦，這一切都準備就緒後，他卻把兩手撫於琴弦上不動了。齊威王很奇怪地問：「何不速速彈來，難道先生的琴會自鳴？」鄒忌微微一笑，反而把琴推到了一旁，對齊威王說道：「我專門研究琴理，至於彈不彈琴，則是無關緊要的！」威王疑惑不解地問道：「難道彈琴還有什麼道理可講嗎？我倒想聽聽。」於是，鄒忌就繪聲繪色地講起了琴的來歷、發展、演變的整個過程，但威王聽琴是為了享受，並不想細究什麼琴理，就不耐煩地說：「先生的琴理如此高明，琴也一定彈得很好了，快彈給寡人聽吧！」這時，鄒忌正色對威王說：「大王見我把手放在琴上不彈，只會空發議論，很不高興。那麼，齊國的百姓看見大王您手撫著齊國這樣大的一張琴，幾年來卻一曲不彈，那不是更不滿意嗎？」齊威王一聽，像是遭了當頭棒喝，又有如醍醐灌頂，對鄒忌肅然起敬。他馬上鄭重地對鄒忌說道：「先生講得實在太好了，這國家就像面前的這張琴，琴不彈永不會響，國家不治理，永遠不會強大。」齊威王果然遠聲色，用賢才，從此，國家大治。

鄒忌初涉政壇，便顯露了超凡的政治才能，因而被齊威王任用為相。此後，他不斷地就齊國的現實政治與發展前途向齊威王進諫，而其中最著名的便是勸齊威王納諫，並且因此留下了不朽的文史名篇——〈鄒忌諷齊王納諫〉，收於《戰國策》一書中。

齊國逐漸強大之後，逢迎拍馬的人也多了起來。齊威王被捧得有些飄飄然，聽不進臣下的不同意見，有時甚至大發雷霆。對此，鄒忌早有察覺，但怎樣去勸諫齊威王，他一直沒有想出一個好辦法。

一天早晨，鄒忌穿戴好衣帽，對著鏡子自照，覺得自己身材偉岸修長，瀟灑飄逸，於是，問他的妻子道：「我與城北的徐公相比，誰更俊美？」他妻子非常自豪地說：「當然是您，徐公怎能與您相比呢！」城北徐公，是齊國有名的美男子，鄒忌不相信自己比徐公美，又問他的妾：「我與徐公誰美？」他的妾說：「徐公怎麼能比得上您啊！」第二天，有客人拜訪鄒忌，鄒忌又以同樣的問題問客人，客人答道：「徐公不如您。」又過了一天，恰好徐公來訪。鄒忌仔細地打量徐公，自認為不如徐公俊美，又看了看鏡中的自己，更覺得自己遠不如徐公。

鄒忌是一個善於思考的人。晚上，他躺在床上仍在考慮此事，逐漸領悟到，人有所蔽，就會偏聽偏信，不能正確地認識自己。家事如此，國事亦然。他終於找到了向威王進諫的途徑。

「比美」本身是一件生活瑣事，但鄒忌卻能對之進行嚴肅認真的思考，並與國事聯繫起來，找出其本質上的共同點。因而他對齊威王進諫道：

臣誠知不如徐公美。臣之妻私臣，臣之妾畏臣，臣之客欲有求於臣，皆以美於徐公。今齊地方千里，百二十城。宮婦左右，莫不私王；朝廷之臣，莫不畏王；四境之內，莫不有求於王：由此觀之，王之蔽甚矣。

在這裡，鄒忌從家庭瑣事推論到國家大事，把自己在家庭及社會上的地位與齊王的生活環境和社會地位進行比較，進而指出齊王作為一個大國之君，所受到的蒙蔽會更為嚴重。這段諫辭，類比貼切，由小見大，由己及人，順理成章，極富邏輯性，具有很強的說服力，使齊威王恍然大悟，連連稱「善」。並立即詔令全國，懸賞徵諫。

詔令頒佈之初，眾多臣民紛紛進諫，朝堂如集市一般熱鬧。幾個月後，進諫的人就越來越少了。一年以後，人們即使想進諫，也沒什麼可說的了。由於威王的廣泛納諫，國勢不斷地強大，燕、韓、趙、魏等國，皆尊齊為盟主。為此，齊威王很感激鄒忌，於是封他為成侯，並把下邳（今江蘇睢寧西北）賞賜給了他。

行為怪誕的謀士：馮諼

馮諼是孟嘗君的門客。孟嘗君以門客三千而聞名於諸侯，他的養士標準可說是兼收並蓄，各色人等，無所不備。也正是因為這樣的養士標準，才使馮諼雖自言「無能」、「無好」也被收留。當然，馮諼在「貧乏不足以自存」的外表下，深藏著獨特的人格和深謀遠慮的政治才能。《戰國策》對此進行了形象的描述。

馮諼一出場，便給人留下了以與眾不同的印象。他沒有自我吹噓，誇誇其談，而是自稱「無能」、「無好」。這既是自謙，又是自負，輕鬆瀟灑，深不可測。但孟嘗君對眾多的門客不可能一一詳察細究，只能以下等門客對待他，粗茶淡飯，果腹而已。當然馮諼對這樣的地位是不滿足的，他要爭取到與自己的能力相應的待遇。而他的爭取更為奇特。三歌「長鋏歸來」，不是一般門客可以做到的。一般門客，對做下等門客的地位或是無言接受，或是乞求更高的待遇，抑或是棄之而走，而馮諼不然。他既不願埋沒自己的才華，又不想把自己的才華賤賣了去，更不屑於低聲下氣地去乞求，而是不卑不亢，悠悠然彈鋏而歌，並不理會孟嘗君左右的側目討厭，一而再，再而三，終於使自己如願以償地做了孟嘗君的高等門客。三歌「長鋏歸來」，可謂是怪誕之舉，而他獨特卓立的人格，也就在這怪誕之舉中展現無餘。

這一形象描寫的過程極具特色：對馮諼的正面描寫，只用了三次似乎是重複的相類言行的描寫，但並未給人以呆板重複之感，反而使人感到一種「太公垂釣」般的悠然自信和不達目的誓不罷休的頑強精神。其餘則全是通過孟嘗君及其左右的言行襯托出來的。這一段描寫還給人以懸念：如此怪誕放肆的人，究竟有什麼才能呢？這便為後文展示馮諼的才華，作了一個有力的鋪墊。

馮諼取得了上等門客地位後，雖不再彈鋏長歌了，但也一直沒有機會展露他的政治才能。直到有一天，孟嘗君發出告示，尋找為他去薛地收債的人，馮諼才脫穎而出，承擔了這一重任，臨走前馮諼說要給孟嚐君買些東西回來。

薛地收債，表現了馮諼的才幹與魄力：「券遍合，起矯命，以責（債）賜諸民。」乾脆果斷，膽識非凡。其結果是百姓們感動異常，高呼萬歲。如此收債的方式，自然是迅速異常，沒有幾天，馮諼便返回齊地。這使孟嘗君很驚訝，於是問他是否把債全收回來，又問他買了什麼回來。馮諼從容地答道：「我臨行前您說，看您家缺少什麼就買什麼。我私下考慮，您家宮中珍寶無數，狗馬充棟，美女如雲；所缺少的唯有『義』，所以我就自作主張地為您買回了『義』。」孟嘗君不解地問：「怎樣是買義？」馮諼答道：「您只有薛這一小塊封地，但您卻不撫愛那裡的百姓，不能愛民如子，反而像商人那樣從他們身上取利，百姓怎麼會愛戴您呢？於是我假托您的命令，免了他們的債務，並且燒掉了他們的債券，百姓們非常感激，高呼萬歲。這就是我給您買的義。」孟嘗君不解其深意，很不高興地對馮諼說：「先生，您算了罷！」

一年後，因孟嘗君位高權重，齊王聽信讒言，罷了他的國相之職，孟嘗君只好回到他的封地——薛。所謂「樹倒猢猻散」，孟嘗君的三千門客，此時只有馮諼等少數人陪同前往，路上的淒涼慘淡可想而知。而當他們行至距薛地尚有百里之遙的時候，卻看到薛邑百姓已扶老攜幼地在路上歡迎他們了。至此，孟嘗君才明白了馮諼所買之「義」的重要性，於是，感慨萬千地說：「先生為我買的義，我今天算看到了！」孟嘗君由不滿到感慨，證明了馮諼的遠見卓識。

市義於薛的結果，僅使孟嘗君暫保無虞，馮諼對此並未滿足。他又以「狡兔三窟」僅可保命的比喻，勸孟嘗君再營造兩處安身立命之所。他西遊大樑，以利害說動魏王，使魏王虛上位、納重金、派顯使往聘孟嘗君為相，而他又讓孟嘗君拒絕受聘，使「梁使三返」而孟嘗君又「固辭不往」。以此抬高了孟嘗君的身價，引起齊國君臣的恐慌，使齊王不得不以遣顯使、齎重金、飾華車、賜佩劍的隆重禮節和封謝書的謙恭態度，迎接孟嘗君回國就相位。這時，馮諼又提醒孟嘗君，應提出要齊王賜祭器和在薛地建宗廟的要求。廟成之日，馮諼才對孟嘗君說：「三窟造完了，您可以高枕無憂地享樂了。」

馮諼遊說梁王，是利用諸侯爭霸、亟需人才這一矛盾，從而迫使齊國恢復孟嘗君的相位；建廟於薛，是因為當時社會結構雖發生了巨大的改變，但宗法觀念仍是統治集團維護內部利益的精神支柱，孟嘗君與齊王同族同宗，建宗廟於薛，可使齊王重視薛地，使這裡不會輕易地遭到禍患。馮諼巧妙地利用諸侯國間的矛盾和宗法觀念，為孟嘗君又鑿二窟，足見他敏銳的政治眼光和高超的政治手腕，顯示了一個有膽有識、有謀有略的士的形象。而「狡兔三窟」的成語，也伴隨著怪誕之士馮諼流傳後世。

莫敖子華：喜文的政治家

提起荊楚文學，人們首先想到的往往是屈原、宋玉和《楚辭》。其實，在此之前，楚國文學就有了相當的發展，並產生了優秀的作家。莫敖（官名，位次於令尹）子華，就是其中著名的一位。他的〈對楚王問〉，是一篇立意鮮明、論證精當的政論散文。

莫敖子華是楚威王時人。楚威王常感嘆國家缺少賢能之士，就向莫敖子華問道：「自從我的祖先楚文王至今，有不追求爵位、不計較俸祿且能為國事擔憂的人嗎？」威王的問話，單純、片面，甚至有些愚蠢，子華不同意他的看法，但又不能正面駁斥，因此，先舉出了五種「憂社稷之臣」以開導楚威王：

第一類人物，子華舉的是楚成王令尹子文。子文生活非常儉樸，即使是上朝的時候，也只穿黑粗綢衣服，而下朝居家時，他就只穿鹿皮袍子了。家無隔宿之糧，但他卻能殷殷於國事，每天天不亮就立於朝門之外，等待上朝，而每天晚上，直到天色全黑下來才回家吃飯，整天為國家大事而奔波操勞。

第二類人他舉的是葉公子高。他說，子高雖出身微賤，但卻是國家棟梁之材。在楚惠王時，白公殺令尹子西而叛亂，攻佔國都，惠王逃跑，白公自立為王，是葉公子高起兵討伐，殺了白公，平定叛亂，迎回了惠王，使國家得以安寧，並使楚國威名遠揚，四方鄰國不敢滋生釁端。他功高蓋世，國君封賞他六百畛的食邑。他雖位居崇爵，領取國家豐厚的俸祿，但他同樣是擔憂社稷的臣。這恰是對威王片面提出的「不以爵勸，不以祿勉」的狹隘賢臣觀的有力駁論。

接下來，子華又以楚昭王十年（公元前五〇六年）的吳楚柏舉之戰中三位大臣的具體表現來說明另外三種類型的憂社稷之臣，以細緻的描繪，突出三人不同的性格特徵。

柏舉之戰，兩軍對壘，短兵相接，作為主帥的莫敖大心，身負重傷，在生命垂危的最後時刻，他手撫御者，高聲嘆息：「可歎啊！我的弟兄，楚國亡國的日子到了！我要殺入敵陣，你能殺死一個敵人或活捉一個敵人，這就是對我最大的安慰，如果大家都能這樣，我們的國家也許還有希望！」以共死的決心來鼓舞士氣，挽救國家的危亡，斷頸剖腹，一切都為了國家利益，絲毫不為自己打算，莫敖大心就是這樣的人。

柏舉之戰，郢都淪陷，昭王出奔，大臣隨之，百姓流離失所。將軍棼冒勃蘇（即申包胥）見國家淪亡，內心極為悲痛，他想：「我若是披堅執銳，衝入敵陣而死，這只不過相當於一個士兵，對國家不會有很大的益處，不如投奔他國請求救兵。」於是，他帶上乾糧，潛出重圍，躍高山，跨深澗，磨破腳掌，刮破膝蓋，經七天七夜奔至秦國。他佇立秦國的朝門之外，晝夜啼哭悲泣，又是七個晝夜，滴水未進，終至氣絕昏倒，不省人事。他的赤誠之心，深深打動了秦王，秦王來不及穿戴好衣帽，就急忙跑來看望他，並親自用左手捧著他的頭，用右手給他餵水。他的行為，他的哭訴，使秦王大受感動，立即派出兵車千輛、勇士萬人，前往擊吳救楚。吳兵大敗，楚國終於得救了，這一切都要歸功於棼冒勃蘇啊！他就是那種勞心勞力、為國家而奔走的人啊！

第五種人，也就是楚威王所要的那種「不為爵勸，不為祿勉」的憂社稷之臣，子華舉了柏舉之戰中的另一個人物——蒙谷。在戰爭危急時刻，蒙谷捨棄了正在與他交鬥的敵人，向郢都奔去，他在想：「雖然國君出逃不知存亡，但若有孤子（國君後代）留下的話，楚國今後就有復國的希望！」於是，他隻身入宮，把國家的法典背負出來，泅水渡江，藏身於雲夢大澤之中。後來，在秦的幫助下，楚昭王復國，但因沒有國典，官吏們無法處理政務，社會秩序一片混亂。這時，蒙谷獻出自己搶救出的國典，國家迅速得到了治理。這與保存國家的功勞是一樣重大的。於是昭王封給他最高爵位——執圭，賜給他最高俸祿——食邑六百畛。但蒙谷卻憤怒地拒絕了：「我不是國君你一個人的臣子，我是國家社稷的臣子，我保典獻典並不是為了得到國君的封賞，只要國家不亡，我還用擔心沒有國君嗎？」他拒絕了封賞，隱居在磨山之中，他的子孫一直也沒有受到他的蔭庇。

這五個人的例子，已足以向楚王證明，賢能憂國之人是多種多樣的，並不僅只是他所說的一種，只要國君真心求賢，賢臣就可以得到。但愚頑的楚威王並未理解，又提出了一個更愚蠢的問題：「此古之人也，今之人焉能有之耶？」令人可氣又可笑。於是，子華又用了一個歷史事實為比，向威王明確指出，國家能否有憂社稷之臣，取決於國君是否真的愛賢。他舉了楚靈王好細腰的故事。因靈王好細腰，大臣中就有節食以求寵者，以至於有些人餓得幾乎站不起來。飯是人活命所必需的，但為了細腰而強忍不吃；死是人所不願的，但這些人為了細腰，甚至不怕餓死。之後，子華語重心長地指出，君主只要是真的愛賢，像前面所舉的五種憂社稷之臣自然會得到的。

作為比屈原、宋玉更早的楚國文學家、政治家，子華的這番論述，有著鮮明的文學特徵。首先，從人物形象上，他塑造了五個性格鮮明的憂社稷之臣。對令尹子文和葉公子高，他的描述雖然是概括的，但卻突出了他們各自的特點：子文廉潔奉公，勤勞儉樸，子高才智卓越，爵崇祿豐。對莫敖大心，雖然只作了簡單的動作和語言的描繪，但大心那誓與國家共存亡的英勇形象卻躍然紙上，在生命的最後時刻，他還手撫御者之手，要求他與自己共入敵陣，奮勇殺敵，以行動為士卒樹立楷模，一顆崇高的愛國之心，一腔殷切的憂國之情，表達得淋漓盡致。對棼冒勃蘇的描繪更為細致，文學意味也更濃，「曾經吳與楚戰於柏舉，三戰入郢，寡君身出，大夫悉屬，百姓離散」，這是他奔秦求救的背景，突出了形勢的危急。他的那段內心獨白，顯示了他的鎮定、智慧與沉著，在如此危急的形勢下，他首先想到的是國家，因而，他沒有逞匹夫之勇，與強敵硬拼，而是奔秦求救，「蹠穿膝暴」。這一肖像描寫，寫盡了他長途奔波的艱辛，七晝夜佇立宮門，七晝夜痛哭悲泣，是血與淚凝結的赤誠愛國之心。對蒙谷，子華則突出了他為國而不為君、為社稷而不為爵祿的崇高品格，正因如此，他才能拒絕高爵厚祿而隱居於深山之中。

再從語言形式上看，其韻散結合、類於楚地招魂辭的句式，對後來屈原、宋玉及莊辛的創作，都產生了一定的影響。從篇章結構與行文技巧上看，子華的論述也是別具匠心的。前面的五個排比句式是總論，對五人的描繪是分述，最後點明中心作結。五個段落的排比各具特色，並且每個段落之後都有一次有意識的強調，照應到開頭的總論部分，從文章結構來說，也是非常嚴謹的。

正因為這些鮮明的文學特徵和濃厚的文學意味，我們便有理由認為莫敖子華是楚國早期的文學家。

魯仲連：不畏強暴、義不帝秦

戰國時代，「士」是一個特殊的階層。他們既依附於一定的社會集團，又可自由來去，相對獨立。他們憑三寸不爛之舌遊說諸侯，隨意表現自己的才華，有的雞鳴狗盜，競一技之長；有的朝秦暮楚，圖一己之利；有的則高風亮節，留永世之名。魯仲連就是一位高風亮節、不畏強暴的志士。

魯仲連是齊襄王時的著名士人，以策劃謀略、排難解紛而聞名於世。《戰國策》中有關他的記載頗多，而最為人稱道、文學價值也最高的，則是他「誓不帝秦」的故事。

公元前二六〇年，秦趙長平之戰，趙括領兵，慘遭失敗，四十餘萬士卒被秦將白起坑殺。第二年，秦又乘勝進逼，重兵圍困趙都邯鄲達三年之久。趙向魏國求救，魏將晉鄙率軍十萬，奉命前來救趙，但卻因害怕秦而不敢進兵，駐兵於趙魏交界處的盪陰（今河南湯陰）

這個地方。魏王又派外籍將軍辛垣衍潛入邯鄲，通過趙相平原君趙勝勸趙王擁立秦王為皇帝，以解邯鄲的困境。此時，魯仲連正在邯鄲遊歷，得知此事，他立即去見平原君，問他有何打算。平原君無可奈何地說：「我現在還敢有什麼打算呢？長平一戰，損兵折將，而今國都被困，魏本已派來了援軍，可現在又來勸降，我能有什麼辦法呢？」魯仲連聞言道：「我本認為您是位名聞天下的賢公子，現在看來並非如此。魏國的使者在哪裡？我替您打發他回去。」

在這裡，魯仲連剛一露面，就先聲奪人。平原君本戰國四公子之一，而魯仲連卻以之為「非賢」，氣沖霄漢；秦圍趙，魏勸降，本不關自己甚麼事，而他卻能從聯合抗秦考慮，力敵帝秦，義薄雲天。

《戰國策》主要記述戰國時期策士的言行，而記言往往是各篇的中心內容，魯仲連的形象也主要通過他與辛垣衍的對話表現出來。魯仲連初見辛垣衍，並未急於表明心機，而是「無言」以對。這「無言」是他運用的技巧和心理戰術，一是想造成一種緊張氣氛，給對方以心理上的壓力，二是想讓對方先開口，以探清對方的虛實。果然是辛垣衍首先打破了這尷尬的局面：「吾視居此圍城之中者，皆有求於平原君者也。今吾視先生之玉貌，非有求於平原君者，曷為久居此圍城之中而不去也？」以辛垣氏的想法，久居此圍城的人，定是有求於平原君，故有此一問。這實在是低估了魯仲連，他對這一問題不屑回答，反借題發揮歷數秦的殘暴，並發出了寧願赴東海而死也不願為秦帝下之民的誓言，且以鮑焦之死來加以比照，說明自己之死絕不僅僅是為了個人而死，而是為了普天下人民的意願以死抗秦的。這說明，他對平原君根本就無所求，之所以見辛垣氏，是為了向他陳明道理，是要幫助趙國的。正是在這種崇高人格的感召下，他那言明理彰的分析才能被辛垣氏接受。

首先，他分析了秦稱帝的害處。他以齊威王與周室關係為例進行分析。齊威王曾經推行仁義，在周室衰微、諸侯不朝時，齊威王卻能前往朝見。周烈王死，諸侯都去弔喪，齊後去，周室就要殺他，終於引來齊威王的大罵。齊威王之所以前後不一致，實在是對周室的苛求難以忍受了。因為周室是天子之朝，天子本來就可以隨意處置臣下的，其潛台詞不言自明：秦國如此強大，一旦稱帝，對天下的苛求將更比周室還嚴重。

若僅此一例，很難說服辛垣氏。辛垣衍果然舉了十僕而畏一主的例子來問難魯仲連，仲連馬上將了辛垣氏一軍：「那麼，魏國相對於秦國而言，也就像僕人一樣了？」在辛垣氏認可的情況下，仲連又說了一句石破天驚的話：「我要讓秦王把魏王剁成肉醬！」辛垣氏不服氣，又怨忿地問仲連，怎樣使秦王把魏王剁成肉醬？於是，魯仲連又講了昔年商紂王醢鬼侯、脯鄂侯、拘文王的事例，以此證明，君對臣、主對僕的任意處罰，是各自的地位、關係使然，而不是什麼怕不怕的問題。接下來，魯仲連又以鄒、魯二國為例，這兩個弱小國家的臣子，以自己果敢的言行抗擊齊閔王，終將齊閔王拒之於國門之外，又從反面證明這樣一個道理：即使是弱小的國家，只要敢於抗爭，大國也是不敢輕視他們的，儘管這兩個小國已貧弱到對本國君主生不能侍奉供養、死不能行飯含的禮儀的程度。在有此具體實例的情況下，魯仲連又反激對方：「秦與魏都是萬乘大國，彼此稱王，但魏卻因為看見秦的一次勝利就要尊秦為帝，三晉大國的大臣反而不如鄒魯的小國之臣。」然後，魯仲連又作了一個退一步的假設，如果秦真的稱帝，更將帶來種種具體的危害，且這些害處又都與各諸侯國密切相關，又特別提出：「梁王安得晏然而已乎？而將軍又何以得故寵乎？」

魯仲連的這一段邏輯嚴謹、說理透闢的分析，終於全面地打動了辛垣衍，盛讚魯仲連為「天下之士」，並決定離開趙國，不再談拿俸祿支持秦稱帝的事了。後來，魏公子無忌偷符奪兵權，救趙擊秦，邯鄲之圍才得以解除。

文章至此，魯仲連義不帝秦的故事已經結束，但作者沒有就此罷筆，而是補敘了這樣一段故事：

於是，平原君欲封魯仲連。魯仲連辭讓者三，終不肯受。平原君乃置酒。酒酣，起，前以千金為魯連壽。魯連笑曰：「所貴於天下之士者，為人排患釋難，解紛亂而無所取也。即有所取者，是商賈之人也。仲連不忍為也。」遂辭平原君而去，終身不復見。

這段補敘，從行文結構來看，與魯仲連初見辛垣衍時與辛垣氏的答問前後照應。更重要的是，有了這段補敘，使魯仲連的形象更加豐滿鮮明。若僅有「誓不帝秦」的誓言和侃侃而談的論辯，這一形象就會顯得乾癟而無依託，也就當不起「千古高風」和「千古一士」的美名了。魯仲連為人排憂解困而不受封賞，不接受祝福之禮，甚至終其身不復相見，這正是魯仲連高風亮節的具體表現。這種崇高的品格，是那些苟且鑽營、朝秦暮楚之士所不具有的，無怪乎司馬遷稱讚他：「好奇偉倜儻之畫策，而不肯仕宦任職，好持高節。」（《史記・魯仲連鄒陽列傳》）

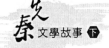

觸龍巧言智勸趙太后

公元前二六六年，趙惠文王死，其幼子孝成王即位，由趙太后臨朝攝政。這時，秦國乘機發兵攻趙。形勢危急，趙派使者向齊國求救。齊國卻提出了一個條件：「必以長安君為質，兵乃出。」要求人質，是先秦各國之間盟約的慣例，兩國結盟，往往以國君的弟兄或兒子互為人質，居於對方，以保證盟約的執行。因此，齊國的要求是合於慣例的。但長安君是趙太后的幼子，太后視為掌上明珠，最受寵愛，豈肯出為人質！因此，儘管大臣們屢次強行進諫，都未能改變她的主意。為了阻止臣下的進諫，她明確宣稱：「再有敢勸諫以長安君為人質的，我一定當眾羞辱他，把唾沫吐在他的臉上！」一時間，滿朝皆緊閉其口，無人再敢進諫。

趙太后本是一個有政治遠見的人。有一次，齊國使者來訪，趙太后問起「年成」、「百姓」與「君王」，談論國君應該如何處理國家大事，表現出她以民為本、重視民心向背的遠見卓識。而今天，一個慈母對幼子的溺愛，卻使她變得目光短淺，態度固執，母子親情超越了政治利害。

年邁的左師觸龍聞知此事，表示願入宮拜見太后。太后料知他也是為長安君之事而來，所以滿面怒容地在宮中等待著。觸龍進宮，竭力做出欲快走而腳步緩慢的樣子，來到太後面前，向太后謝罪道：「老臣腳上有病，行動不便，所以很久沒來拜望太后了。但又掛念您的身體健康，所以特來看望您。」見面之初，觸龍並未開門見山談起長安君的事，而是先向太后請安，寒暄數句，以緩和氣氛。可見觸龍進諫是很懂策略的。儘管如此，但太後尚未了解觸龍進宮的真正意圖，還是怒容未消，對他說：「我靠輦車代步。」觸龍也看出了太後的不快，感到進諫的時機尚未成熟，便仍從老年人最關心的健康問題談起，詢問太後的飲食情況，並介紹了自己的養生之道。太後見他非但沒有談長安君的事，反倒很關心自己，臉上的怒容漸漸消退了。

接下來，觸龍仍從感情方面入手，以安排子女問題向太后求情：「我的小兒子舒祺，沒什麼出息。我雖然老了，但非常疼愛他。所以，我冒死向您請求，讓他做一名宮中的衛士吧。」太后欣然允諾，並與他談起了有關孩子的事情。一問一答，問者有心，答者無意；問者心存芥蒂，答者真誠懇切。觸龍意在進諫，但話中自然而然地流露出親子之情，很能引起太后的同感。這樣，自己就可以順理成章地對太后進諫了。果然，太後按照他的思路談了下去，太后問道：「男子漢大丈夫，也疼愛他們的小兒子嗎？」爭論起了到底是男人還是女人更疼愛孩子這一問題。

至此，觸龍感到時機已到，便水到渠成地把談話引上正題：「我私下裡認為，您愛您的女兒燕后，更勝於長安君。」左盤右旋，曲曲折折，話題終於指向了長安君，但趙太后已不再敏感了，針對觸龍提出的問題，她得意地說：「你錯了，我疼愛燕后的程度比不上疼愛長安君啊！」談話至此，動之以情告一段落，觸龍要不失時機地對太后曉之以理了。他首先指出，父母疼愛子女，就該考慮他的長遠利益，又舉遠嫁燕后為例，說明太后對她所做的一切，都是為她的長遠利益打算的。這一觀點被太後認可之後，觸龍又以各國諸侯的子孫後代被封侯的，多已不在其位了，來證明無功受祿是難以持久的。在這裡，談話的情勢陡然發生了逆轉，觸龍由小心翼翼、左右盤旋變為從容發問、步步進逼，而趙太后則由高高在上變而為唯唯諾諾、無辭應對。但趙太后是一個通情達理之人，當初只是為親情所蒙蔽，一旦情通理開，她便心悅誠服地答應了觸龍的要求，派長安君赴齊為人質。

觸龍對趙太后的說辭，富於啟發性和誘導性，整個說服過程，都是在他的刻意設計之下完成的。太后忌談長安君之事，他就以健康問題作開場白；當太后怒色稍減時，他又不失時機地轉變了話題。首先抓住愛子之心這一普遍心理，從自己談起，引起太后的同情；然後又以燕后為例提出疑問，其實是明知故問，以引起太後討論這一問題的興趣。在一切鋪墊完成之後，馬上適時地對太后曉之以理，各個環節配合得絲絲入扣，既沒有咄咄逼人之勢，又令太后無法拒絕。這些充分顯示了一個老臣的成熟的政治才能。

唐雎使秦不辱使命

戰國末期，秦王嬴政先後用兵吞滅了魏國和韓國，軍威大振，更加不可一世，吞併天下的野心也愈來愈強，把臨近秦國邊境的小小安陵國（原為魏國封邑，在今河南鄢陵縣一帶）視為眼中釘、肉中刺，想要拔除之而後快。但秦王又不願承擔公然侵佔別國領土的惡名，為了掩人耳目，便要了一個掩耳盜鈴的手段，意在巧取豪奪安陵這個地方。《戰國策》中的〈唐雎不辱使命〉一章，對此有極為精彩的記述，並刻畫了唐雎這個不畏強暴、光彩照人的勇士形象。

秦王先派使者對安陵君說，他願以方圓五百裡的土地換取安陵，問安陵君是否答應。本來明明圖謀侵略，偏偏說成交換；本是以強凌弱的豪奪，卻要作出一副徵求意見的口吻。這種欲蓋彌彰的謊言，再加上秦王那霸道的口氣，早已使安陵君清楚地看出了秦王的真正用意。然而，安陵如此弱小，秦國如此強大，怎麼辦呢？答應下來，亡國無疑；如不答應，必遭大禍。安陵君無奈之中，只好裝出信以為真的樣子，答道：「大王施恩惠於我們，以五百里的廣大土地交換區區五十里的安陵小國，真是太好了。但安陵之地畢竟是我從祖先那裡繼承下來的，我寧願終生守在這裡，也不敢與大王交換。」形勢的重壓，使安陵君不敢直接拒絕秦王，只有使用這番婉轉又無奈的外交辭令。

安陵君的回答，使秦王大為惱火。為防止秦王加害自己，安陵君便派唐雎出使秦國，從而留下了這段唐雎智勇鬥秦王的動人故事。

秦王見到唐雎，傲慢無理地質問道：「我用五百里的廣大土地交換安陵，安陵君卻不肯聽命於我，是何道理？難道他沒看見嗎？秦國把比安陵強大得多的韓國、魏國都消滅了，而安陵以區區五十里的彈丸之地存留下來，只是因為安陵君是一個有道的長者，我才不忍打他的主意。現在我用十倍的土地為他擴大領土，他卻違背了我的意願，難道他竟敢如此輕視我嗎？」秦王的話，傲慢強橫，無理至極。但唐雎並沒有被嚇倒，而是義正辭嚴地據理力爭：「事情並非如此。安陵君從祖先手裡繼承了這塊土地，他有責任加以守護。即使是千里之地，他也不敢拿祖業去交換，因為那樣做就會愧對祖先，豈是五百裡土地所能換來的！」一貫專橫霸道的秦王，怎能忍受如此的倉白，不禁勃然震怒，眼裡露出了殺機，惡狠狠地對唐雎說：「先生您大概聽說過天子之怒吧？」他想以天子之怒來震懾唐雎，但唐雎卻偏偏不睬，漫不經心地說：「從未聽說過！」這更加激怒了秦王，他狂暴地喊道：「天子之怒，伏屍百萬，流血千里。」唐雎則針鋒相對地反問道：「大王您聽說過平民之怒嗎？」秦王輕蔑地回答：「平民百姓發怒，不就是摘了帽子，光著腳，用頭往地上撞嗎？有什麼大驚小怪的呢？」唐雎憤然作色，說：「這不過是凡夫俗子之怒，並非真正的勇士之怒。」接下來他列舉了前代三個勇士的故事：「專諸為公子光刺殺吳王僚時，天上的彗星光亮異常，超過月光；聶政刺殺韓相韓傀時，白色的長虹貫穿太陽；要離刺殺慶忌時，蒼鷹用翅膀敲擊宮殿。這三人都是布衣之士，在他們懷怒未發時，上天已經降下徵兆，我將成為第四個勇士。如果大王真的逼我發怒的話，那麼，血流五步之內，倒在地上的將是你與我兩具屍體，整個秦國都將為您穿上喪服。今天的情況就是這樣。」說罷，他挺劍而起，直指秦王。

秦王頓時被唐雎的英雄氣概震懾住了。他一改先前的驕狂之態，臉上現出畏懼之色，莊重地長身跪起，向唐雎謝罪道：「先生快請坐！何至於如此呢？我現在終於明白了，強大的韓、魏兩國都被我所吞滅，而安陵國卻以五十里之地存留下來，實在是因為有先生這樣的人才啊！」秦王由驕狂變為欽佩，認識也大為轉變了。

唐雎憑著他的智慧與勇敢，懷著寧為玉碎、不為瓦全的決心，周旋於虎狼之國，亢言於暴君之廷，義正辭嚴，不屈不撓，果敢地「拔劍而起」，使殘暴的秦王「長跪而謝」，粉碎了秦王吞併安陵的企圖，維護了國家的尊嚴，出色地完成了出使強秦的使命。

壯士荊軻慷慨悲歌刺秦王

戰國末期，燕太子丹曾與秦太子嬴政同在趙國做人質。後來嬴政即位為秦王，太子丹又到秦國做人質。秦王卻根本不念舊情，對他極盡侮辱，使他無法忍受，只好逃回燕國。回國後，他看到秦的勢力越來越強大，即將滅掉六國，且已兵臨燕境，於是從國家存亡考慮，也為報個人「見陵之怨」，便準備對秦採取措施，這便演出了「荊軻刺秦王」的一幕慷慨壯烈的悲劇。

當時太子丹一心要向秦報仇，卻又無計可施，便去向太傅鞠武請教。太傅不同意他與秦對抗的主張，認為這是自取滅亡。恰在這時，秦將樊於期因觸犯秦王而逃到燕國避難，太子丹以賓客的禮儀待他，這無異於使本已緊張的燕秦矛盾火上澆油，更為加劇。太傅勸他馬上送樊氏去匈奴，以免給秦國留下攻燕的口實，再計劃抗秦之計。太子丹執意不肯，他說：

「樊將軍是被秦王逼迫，走投無路才來投奔的，這是對我的信任。我決不能因為懼怕秦國就拋棄患難之交。」太傅深知燕秦之爭已勢所不免，於是便推薦田光同他共商抗秦大事，田光又因自己年老力衰，不堪如此重任，便推薦了好友荊軻。

荊軻的出場，可謂曲曲折折，波瀾層生。由太傅引出田光，又由田光引出荊軻，其間又插入樊於期的事情，情節曲折豐富，以此為鋪墊，使荊軻一出場便形象不凡。

田光與荊軻的會面，真是驚心動魄。他先以誠摯的態度、真切的語言打動荊軻，使他爽快地答應去見太子丹。然後又當著荊軻的面刎頸自殺。田光此舉，既為明志，表示不會洩密；又為激勵荊軻，使他勇往直前。田光的形象，既是對荊軻俠肝義膽的陪襯，也成為荊軻勇刺秦王不可或缺的動力。

太子丹見到荊軻，毫無保留地訴說了自己的心事：希望有一位勇士前往秦國，威迫秦王，使他退還「諸侯之侵地」，如果這個目的不能達到，就乘機刺殺秦王，使秦國大亂，然後再聯合諸侯共同破秦。對此，荊軻沉思良久，才說道：「這是國家的大事，我才能有限，恐怕難以勝任如此重托。」荊軻的婉拒，並非出於懼怕秦王，而是在考慮自己能否完成任務，怕耽誤了太子的大事。在太子誠摯的再三懇請之下，俠肝義膽的勇士荊軻，終於慨然許諾，此一「諾」豈止千金，它是以一個勇士的生命為代價的。

對荊軻的許諾，太子丹非常感激，盡全力給荊軻以物質生活上的享受：「尊荊軻為上卿，捨上舍，太子日造門下，供太牢，具異物，間進車騎美女，恣荊軻所欲，以順適其意。」太子丹之所以如此，是因為他把燕國的命運完全寄託在荊軻的身上，希望能早日實現願望。

但過了好長時間，荊軻還沒有出發的意思。此時，秦已經攻破了趙國，繼續北上，並接近了燕國南方的邊境。太子丹非常憂慮，對荊軻說：「秦軍遲早要渡過易水攻燕，到那時，我雖然想長久地奉侍您，恐怕也是做不到了。」太子丹的話，措辭委婉，語意深長，大有責備荊軻之意。對此，荊軻並未辯白，而是向太子丹陳述了自己的打算。他認為，只有用樊於期的人頭和督亢地圖作為進見秦王的禮物，秦王才會接見自己。但太子丹不忍傷害樊於期，請荊軻另打主意。

荊軻深知樊於期的人頭對於此行至關重要，便私下去見樊於期。荊軻首先以秦王對樊於期的迫害，激起他對秦王的仇恨：「秦王待將軍可謂深矣，您的父母宗族皆為殺戮。現在又聽說凡得將軍之頭者，賞金千斤，封邑萬家。您想怎麼辦呢？」果然，荊軻的話挑起了樊於期的不共戴天之仇，他仰天長嘆，痛哭流涕：「我恨秦王，痛入骨髓，但又不知該怎樣做才好。」荊軻趁此說出了自己的計劃，此舉既可報樊氏之仇，又可免燕國之難。樊氏聽後，為把頭交給荊軻，毅然拔劍自刎。太子丹又以重金購得一把鋒利無比的匕首，並淬以劇毒，又派少年勇士秦舞陽做荊軻的副手，一切已準備就緒了。

眾人為荊軻送行的場面，是一個極為感人的鏡頭，具有強烈的感染力：

太子及賓客知其事者，皆白衣冠以送之。至易水之上，既祖取道，高漸離擊筑，荊軻和而歌，為變徵之聲。士皆垂淚涕泣，又前而歌曰：「風蕭蕭兮易水寒，壯士一去兮不復還。」復為忼慨羽聲，士皆瞋目，發盡上指冠。於是荊軻遂就車而去，終已不顧。

送行者們身穿白衣，頭戴白冠，營造出悲壯悽愴的氣氛。人們知道，荊軻此去，生離即是死別，因而以純白的孝服為他送行。「高漸離擊筑，荊軻和而歌。」歌聲和著琴聲，慘烈悲壯，催人淚下。秋風蕭瑟，易水生寒，勇士從容赴死的獻身精神和對生命的深沉依戀之情，強烈地震撼著人們的心靈，使琴聲變得慷慨而激越，使送行的人們悲哀而憤慨，人人怒目圓睜，怒髮衝冠，眾心一志，同仇敵愾。在這悲壯激越的氣氛中，荊軻義無反顧地踏上刺秦的征程。諺語有「慷慨成仁易，從容就義難」。荊軻明知此去必死無疑，還得從容鎮定，這需要多麼大的毅力去克制內心的痛楚啊！生與死的搏鬥，使俠肝義膽的勇士也不能不發出淒涼悲愴的歌唱。然而，他珍視對太子丹的諾言，不忘田光的激勵，不忘對樊於期的表白，於是，義無反顧地邁向死亡，終不失英雄本色。

這一過程，有聲有色，有歌有哭，含悲懷怒，震撼人心。正是因此，荊軻那激昂悲壯的歌聲千年縈繞不絕，他那慷慨就死的形象萬古生輝不泯。

到了秦國，荊軻重賄秦王寵臣蒙嘉，得以在咸陽宮見到秦王。在群臣環侍的大殿上，他冷靜地等待「秦王發圖，圖窮而匕現」的時機到來。匕首一露，他便一手拿起匕首，一手抓住秦王的袖子，希望生擒秦王。秦王掙斷了袖子，繞柱而逃，狼狽不堪，不復有不可一世的驕橫之態。被秦王砍傷後，他知道生擒秦王已不可能，才投出匕首以刺秦王，可惜的是沒有刺中，反被秦王連砍八劍。雖然行刺不成，反被重傷，但荊軻毫無懼色，「倚柱而笑，箕踞以罵」，最終被秦王身邊的將士所殺。

荊軻刺秦王，雖然失敗了，但他的俠肝義膽、英勇抗暴的精神卻為歷代人們所欽敬，他那慷慨赴死的形象不斷出現在後世的文學作品中。如陶淵明在〈詠荊軻〉詩中，完整地描繪了荊軻刺秦王的全過程，特別突出地描繪了易水送別的情節，荊軻的形象也更為鮮明。詩的最後兩句是「其人雖已沒，千載有餘情」，高度讚揚了荊軻精神的萬古不朽。其他如左思、駱賓王、李白等人的筆下，也都寫有歌詠荊軻其人其事的詩篇，可見荊軻形象對後世文學的影響之深、之遠。

《戰國策》中的經典寓言

《戰國策》中記載了很多寓言，這些寓言多數是臣下用來諷諫主上或策士用來遊說諸侯的。這些寓言多是言淺意深，以小見大，藉此喻彼，把抽象深奧的道理用簡單的故事體現出來，達到諷喻的目的。

趙惠文王時，趙國要攻伐燕國，蘇代為燕王遊說趙王，就用了這樣一則寓言。蘇代見趙王，並未正面提出制止這場戰爭，而是先講了「鷸蚌相爭，漁人得利」的故事。他把鷸蚌作了擬人化處理，描寫它們的語言與動作，二者各不相讓，最終導致同被漁人所擒的悲劇，以此引起趙王對兩國之爭的相類聯想，而後指出：「今趙且伐燕，燕趙久相支，以弊大眾，臣恐強秦之為漁父也。」把燕趙比為鷸蚌，把強秦比作漁父，形象而貼切，不作更繁瑣的闡述，使趙王明白了其中的道理，制止了這場即將發生的戰爭。

以寓言遊說、進諫，在《戰國策》中多有記載，如「畫蛇添足」、「南轅北轍」、「兩敗俱傷」等，特別是「兩敗俱傷」與「鷸蚌相爭」有很多共同之處。韓子盧，是韓國出產的黑狗，是天下跑得最快的狗。東郭逡，是著名的狡兔。天下最快的狗，追逐海內最狡猾的兔子，躍過五座高山，繞過三座大山，二者均因疲憊致死，農夫不費吹灰之力，得到了一狗一兔。這是齊王將要伐魏時，淳于髡諫齊王時所引用的寓言。他把齊魏之爭，比喻為狗兔之逐，把強秦、大楚類比為農夫，這貼切的類比，使齊王大為栗懼，謝將休士而罷戰。

在這兩則寓言中，把即將交戰的雙方比喻為無知的動物，以動物的愚蠢行為比喻兩國間的無謂之爭，而把即將從中獲利的秦楚比喻為漁父、農夫，以小見大，言淺意深，寥寥數語，道出了事物的本質，以形象說明事理，引人聯想、讓人深思，具有極強的說服力。

秦昭王時，宣太后、魏穰侯專權，又有華陽君、涇陽君和高陵君從旁輔助，昭王大權旁落。范雎在諫秦王集中王權時，講了這樣一個故事：恆思地方有一株神樹，有一個猛悍少年要和神樹賭博，並約定，少年若贏，神樹把神靈藉給他三天；少年若輸，則任神樹處罰。少年果然贏了，神樹就把神靈借給了他。三天後，神樹向少年索要神靈，但少年終究沒有還。五天以後，神樹枯幹了，七天時神樹就死了。

在這則寓言中，范雎把國家喻為昭王的樹，把權勢喻為昭王的神靈。以此告誡秦王，如不收回王權，秦國恐怕將非昭王所有。秦昭王終於廢太后，罷除穰侯，逐華陽君等，把權勢集中到了自己的手上。這則寓言在當時起到了這樣的作用。其實，「神去叢亡」這則寓言的意義遠不止此，它向人們指出：神樹的根本在於它的神靈，而樹只是軀殼，一棵喪失了靈魂的樹自然要枯幹，那麼，一個喪失王權的國君，其結果自是可想而知。它給人們以啟示，對待任何事物都要把握實質，不可捨本逐末。

有一個賣駿馬的人，接連在市上站了三天，沒有人知道他賣的是駿馬。沒有辦法，他只好去見伯樂：「我有一匹駿馬想賣掉，可我在市上連站三天，無人問津，我希望您能到市上去，繞著我的馬看幾圈，臨走時再回頭看看它，我願給您一天的工錢。」伯樂真的按賣馬人說的做了，這匹馬的價格一下子提高了十倍。這是蘇代請淳于髡向齊王介紹自己時所引用的一個寓言故事。蘇代為燕說齊王，請淳于髡為自己美言，得到齊王的信任，得以在齊翻覆其手以使齊國衰弱，使燕國強大，為樂毅伐齊創造了機會。

這則寓言，就其本身價值而言，打動了淳于髡，使蘇代得以進身於齊王之側。但從另一個角度而言，這則故事說明，生活中總是有那麼一種人，無論是辦事還是考慮問題，沒有自己的主見，不是親自去觀察、實踐，而是看有名望的權威人士怎麼辦，跟著名人、權威，亦步亦趨，這是很危險的，齊閔王重用蘇代，就說明了這個道理。

《戰國策》中有很多寓言。如「投杼逾牆」、「狐假虎威」、「驚弓之鳥」、「絕蹯而去」、「土偶桃梗」、「鄭人買璞」等等。這些寓言，通過一個個生動而形象的短小故事，或化干戈為玉帛，或指迷津於蒙昧，無不是言簡而意深、事半而功倍的。所以，明代大文豪李夢陽盛讚《戰國策》：「是策也，有竟日之難辯，而一言之遂白者。」也就是說，當時的謀臣策士們，往往憑藉幾句簡而精的話語、一個鮮明生動的小小故事，就能類推出某些重大問題的解決方法，揭示事物的本質。也正是因此，寓言作為謀臣策士們說事論理的武器而被廣泛地運用，給我們留下了眾多機警的、富於教育性與啟發性的寓言。

這些寓言，經過千百年歷史的積澱與文學的引申，內容更深刻，更廣泛，有的甚至遠遠地超越了原歷史背景下的意義，成為一種普遍的真理，人們可以從不同的角度得到啟發與教育。如「狐假虎威」這個寓言。楚宣王問群臣這樣一個問題：「我聽說北方各國都懼怕昭奚恤，果真這樣嗎？」

群臣莫對，客卿江乙為楚王講了這個故事，使楚王明白，各國之所以怕昭奚恤，是因為怕楚國強大的兵力。這是這個寓言的背景與本意，但我們卻可以借用這個成語，去諷刺那些憑藉別人威勢嚇唬人的卑劣行為，使這個寓言的意義大為延伸。再如「南轅北轍」這個寓言，本是季梁為諫魏王不要伐趙而假託的一個荒誕故事，但我們卻可以通過這則寓言，體會出一個深刻而普遍的道理：無論做什麼事情，首先要目的明確，方向對頭，才可收到良好的功效；反之，方向錯了，條件越好，事情反而會辦得越糟。

《戰國策》中的寓言，與其他先秦典籍中的寓言一樣，脫胎於比喻，借助於形象來說明某種事理，是一種包含著生活經驗、充滿著人生哲理、閃爍著智慧之光的諷喻性文體，它通過形象、生動的語言，以誇張、象徵、擬人等多種藝術手法，創作出一個個短小精悍、通俗易懂、幽默詼諧的故事，把抽象、深奧的事理具體化、形象化，使聽者從此事物具體的形象中去體味事物的本質，使言辭更具說服力。

「集百家大成」的荀況

戰國末期，百家爭鳴漸歸合流，形成博採百家的雜家。《漢書・藝文志》把雜家列為「九流」之一，其特點是「兼儒墨，合名法」，「於百家之道無不貫綜」。其代表著作是《呂氏春秋》。但早在《呂氏春秋》之前，比孟子稍晚的荀子就已開始了「兼儒墨，合名法」的集大成工作，形成了他那博大精深的思想體系，成為先秦諸子哲學思想的總結者。

荀子，名況，字卿，又稱孫卿，約生於周赧王二年（公元前三一三年），卒於秦始皇九年（公元前二三八年），趙國郇（今山西猗氏縣）人。荀子出生於趙國，後來在齊、秦、趙、楚等國進行過積極的政治和學術活動。其中在齊、楚兩國的時間特別長。他還在齊國三次擔任稷下學官的祭酒（學術領袖），在楚兩次為蘭陵（山東莒縣南）令。這些諸侯國的封建思想萌芽較早，又有道家和法家的思想背景，比如齊有管仲學派，秦有商鞅學派，楚有老莊學派，而燕趙自古多慷慨悲歌之士，有尚俠的風氣。如此豐沃的文化土壤，使荀子遍採百家、融鑄新說成為可能。

荀子一貫以孔子的繼承人自居，但他對儒家思想傳統又頗多改造，最突出的表現在反對效法先王，主張文化典章、政治制度應隨著社會歷史的發展而變化，這反而與法家思想有了相通之處。

再如，荀子的自然天道觀是批判地吸取了初期道家學派的思想，這給他的理論學說奠定了基礎。但道家的「道」經老子的解說，反倒難以言傳，因此是觀念性的和神秘性的。所以荀子揚棄了道家的「道」的神秘性，賦予它以自然的內涵。這樣一來，荀子所說的「天」，既不是孔、墨的有意志的天，而是自然的天；也不是道家的觀念的天，而是物質的天。

又如荀子也提倡節儉，但又不贊成在任何情況下都節儉。他認為過度的節儉會阻礙推行賞罰制度，最終導致人們生產財富的積極性不高。這便與墨子的節用原則有了本質的區別。

也正是由於荀子出入百家，陶冶諸子，其文章便在對諸子散文的總體涵納中，形成了雄渾博大的氣勢和風格。所謂雄渾博大，不僅指荀子囊括諸子、指點百家的恢宏氣勢，也指荀子的學說博及許多社會科學領域，諸如哲學、政治、經濟、軍事、倫理等學科，同時還指他思考問題時的視野開闊和論述問題時的舉重若輕。

荀子散文雄渾博大的氣勢，還源於他強烈的自信。除了孔子和子張外，荀子幾乎批評遍了當時的所有學派，認為他們都有所蔽（片面性），而他則要棄其所短，取其所長，以便兼而有之。他自稱大儒，盛談大儒的超群絕倫，而對其他儒家各派斥之為「賤儒」、「俗儒」，尤其對於子思、孟子學派，更毫不留情地罵為「呼先王以欺愚者」的「腐儒」。其實若就環顧周圍的世界，敢於自稱「捨我其誰」的豪邁的氣概而言，荀子和孟子又是非常近似的。人們常以孟、荀並稱，恐怕不僅由於孟子的性善說與荀子的性惡說針鋒相對、並世而立，也由於這種天降大任於我的自命不凡。在士當以道自任這一點上，荀子守住了儒家的傳統。這和戰國末期頗為盛行的王侯不得驕士之說有很直接的關係。

在中國散文史上，政論散文在數量和質量兩方面，都佔有不可忽視的地位。許多篇章千古傳誦，膾炙人口。而《荀子》散文，可稱為這一文學傳統的重要源頭。

今本《荀子》共三十二篇，除少數幾篇外，大多是荀子個人的著述。

荀子的政論散文，篇篇都有鮮明的政治功利目的，揭發時弊，指姦惡政，鞭笞謬說，具有強烈的現實意義。如〈王制〉篇，這是記載著荀子政治思想的重要專題論文。文中提出了一系列治理國家的原則和方略：在政治上，主張「一天下」，旗幟鮮明地反對諸侯異政、四分五裂的割據局面，倡導加強君主集權，並設計了一幅統一的封建帝國的理想藍圖；在具體的治國方略上，主張「法後王」、「隆禮義」，前者是對儒家傳統的背離，也是對儒家思想的大膽改造，後者則是對儒家思想的繼承；在用人上，大膽主張破格任用德才兼備的人，衝破了「世卿世祿」落後制度的束縛；在經濟上，力主發展農業，興修水利，加速物資交換等等。此外，文中還對「王者」、「霸者」、「強者」作了細緻的區分，在倡導「王道」的同時，對「霸道」也給予較多的肯定，這便與孟子「尊王黜霸」的思想有了顯著的差異。另外，荀子還敏銳地覺察到人心的向背關係到社稷的安危，提出「水則載舟，水則覆舟」的千古聖訓，警告統治者若要鞏固統治，當務之急在於「愛民」。一篇〈王制〉，不啻歷朝君主應終生捧讀的經典。

〈非十二子〉一文則對荀子認為是修飾邪說奸言以擾亂天下的十二個代表人物及其謬論，進行了毫不留情的鞭笞，其中包括墨子、孟子、惠施等當時著名的人物。與此相表裡，荀子正面論述了真正屬於君子的德行操守：「故君子恥不修，不恥見汙；恥不言，不恥不見信；恥不能，不恥不見用。」這對於匡正戰國後期某些知識分子的道德淪喪，赤裸裸地追逐名利的淺薄世風，無疑具有強烈的現實意義。即便是今天，它也還有警示作用。

荀子的政論散文具有雄辯天下的滔滔氣勢。過去孟子曾無可奈何地說：「予豈好辯哉？不得已也。」（《孟子．滕文公下》）有趣的是，荀子則坦然宣稱：「君子必辯。」（〈非相〉）這既說明荀、孟同處戰國時期，百家爭鳴已達到白熱化，不好辯、不善辯則無法弘揚其學說，此為荀、孟之同；也說明荀子比孟子要來得更主動、更自覺、更坦蕩、更無畏，這是荀、孟之異。

雄辯的氣勢，既體現出荀子當仁不讓、據理力爭的個人稟性，也表現為荀子善用類比、反複申述說明的寫作方法。這開創了後世（特別是漢代）政論散文淋漓酣暢風格的先河。

概括說來，《荀子》一書作為政論散文的典範，在思想內容上有為而作、不尚空言，在語言表達上宏論滔滔、博辯無礙，在寫作手法上巧譬博喻、聯類無窮。這些都給中國古代政論散文的發展，樹立了很好的榜樣，產生了很大的影響。

荀子出入百家，陶冶諸子，而又能自成一家之言，給後世哲人以深遠的啟迪。如朱熹作為理學的集大成者，王夫之作為近代思想的啟蒙者，都受到他的影響。正如郭沫若在《十批判書·荀子的批判》中所說：「荀子是先秦諸子中最後一位大師，他不僅集了儒家之大成，而且可以說是集了百家之大成。」同時，荀況還廣泛涉獵民間流行的各種文學樣式，寫了〈成相〉、〈賦篇〉等作品，在文學史上留下了光輝的一頁。

開賦家先河的荀《賦》

賦，是漢代四百年間最有代表性的文體，與所謂唐詩、宋詞、元曲並稱，成就非同凡響。那麼，是誰引發了漢賦創作的輝煌呢？

應該說，是荀子《賦》的問世，為漢賦的創作奠定了基礎，引發了人們的注意和仿效。荀子以「賦」名篇，在中國文學史上屬於首創，賦作為專門文體的名稱出現，是從荀子開始的。

荀子的《賦》，包括〈禮〉、〈知〉、〈雲〉、〈蠶〉、〈箴〉五賦，構思精巧，不同於後來漢大賦的鋪張揚厲、敷陳排比，而是所謂「遁詞以隱意，譎譬以指事」，是採用當時流行的「隱語」表現手法寫成的。「隱語」或稱「瘦詞」，是古人對謎語的稱呼。

荀賦中的〈禮〉、〈知〉二賦，是詠抽象的道理，說明禮義、法制的重要，讚頌「君子」在制定禮、法方面的作用；〈雲〉、〈蠶〉、〈箴〉三賦，是借詠物來抒發作者的抱負和感情，文學的色彩更加突出強烈。

〈雲〉賦抒發了荀子遠大的志向。他讚美雲「大參天地，德厚堯禹。精微乎毫毛，而大盈乎宙」的充塞天地的博大精神，象徵著他自己那以天下為己任的廣大視野和懷抱。他又強調雲「天下失之則滅，得之則存」的特點，以此暗示「尚賢」的極其重要。而雲可化為甘霖以哺育萬物，「功被天下而不私置」的奉獻品性，又激勵荀子為天下的大一統而奮不顧身，甚至是勇於獻身。

戰國末期的絲織業已有了很大的進步，絲綢成為當時貴族生活的必需品。這樣的變化也必然帶來養蠶業的空前發展，由此引發了荀子的注意，啟發他託意於蠶而寫就了〈蠶〉賦。他這樣描述蠶：

> 冬伏而夏遊，食桑而吐絲，前亂而後治，夏生而惡暑，喜濕而惡雨。蛹以為母，蛾以為父。三俯三起，事乃大已。

把蠶的生活習性和生長過程展示得生動而又通俗，惹人喜愛；筆墨間又富有生活的情趣，給人以很強烈的美感，也顯示了賦在民間時的本來特色。荀子還這樣謳歌蠶：

有物於此，裸裸兮其狀，屢化如神，功被天下，為萬世文。禮樂以成，貴賤以分。

這裡不僅逼真地描繪出了蠶的由蛹而蛾的神奇變化，而且將蠶的令人震驚的社會功用和價值做了充分的描述，實際上是寄寓了荀子的人生理想和人格設計。現實中，他要使禮樂有成，貴賤有序，社會一片晏然，其恩惠澤被天下；未來，他要為萬世師表，豈止一世而已。真可謂雄心豪氣併熾，功業威名共遠。

戰國末期的冶鐵業也很發達，由此引發了生產工具和生活用具的革新，荀子在〈箴〉賦裡熱情地讚賞了鐵製的針。他描述說：

有物於此，生於山阜，處於室堂。無知無巧，善治衣裳；不盜不竊，穿窬而行，日夜合離，以成文章；以能合從，又善連衡；下覆百姓，上飾帝王；功業甚博，不見賢良；時用則存，不用則亡。臣愚不識，敢請之王。王曰：此夫始生巨，其成功小者邪？長其尾而銳其剽者邪？頭銛達而剽趙繚者邪？一往一來，結尾以為事；無羽無翼，反複甚極；尾生而事起，尾邅而事已；簪以為父，管以為母；既以縫表，又以連裡：夫是之謂箴理。

全文不足二百字。我們所以不厭其煩地悉數引述在此，正由於我們從中可以引出諸多的文史信息。它抓住針的形體衍化過程和諸般實際功用，細細地加以描寫比附，「隱語」的手法很突出，富於機趣和智巧，增人閱讀的興味；它語言通俗活潑，富有民間文學的原汁原味，和後來的漢大賦的串綴字書、佶屈聱牙完全不同；它篇幅短小，內容精悍，言之有物，引人思索，和漢大賦篇幅宏大、內容單一、呆板乏味又形成了涇渭分明的對比。

但是荀《賦》作為賦家之祖，與漢大賦也有一些相通、相似處。比如荀《賦》採用的君臣問答對話的方式，句式比較整齊，既有押韻的詩，也有無韻的文，是前所未有的詩文混合體，這些特點都被漢大賦一一地繼承下來，並由此形成了固定的寫作模式。

最後要說明的是，從嚴格意義上講，賦家之祖並非只有荀子之《賦》。因為與荀子同時的宋玉還寫有〈風賦〉、〈高唐賦〉、〈神女賦〉等作品。劉勰在《文心雕龍・詮賦》中說：

於是荀況〈禮〉、〈智〉，宋玉〈風〉、〈釣〉，爰錫名號，與《詩》畫境；六義附庸，蔚成大國。遂客主以首引，極聲貌以窮文，斯蓋別詩之原始，命賦之厥初也。

很顯然，劉勰是把荀子、宋玉看作是賦體文學的共同開拓者，一併尊為賦家之祖的，這一觀點得到了後人的廣泛讚同。

法家宗師與《韓非子》

韓非（公元前二八〇年—公元前二三三年）生活的時代，戰爭的烽煙籠罩著華夏大地，齊、楚、燕、韓、趙、魏、秦諸侯並起，紛爭天下。武士戰場圖功，而文士四方遊說，夢想為君王所用。平步青雲、布衣卿相的抱負，讓每一個說客忘記了「伴君如伴虎」的危險，這裡當然也包括法家學派的代表、心懷治國安邦壯志的韓非。

韓非是韓國的貴族子弟，其優越的條件絕非普通百姓可比。他早年曾與李斯一同遊學楚國，師從於儒學大師荀況。後來李斯當了秦國的丞相，而韓非學成後回到韓國。他在思想上並未繼承其師荀子的儒家思想傳統，而是受法家前輩的影響，吸取、綜合他們思想的精華，成為法家學派的傑出代表。

在韓非之前，已經發展了幾百年的法家學說，逐漸形成不同的派別。韓非特別重視吸收以商鞅為代表的「任法」、以申不害為代表的「用術」、以慎到為代表的「重勢」等幾派學說，形成了自己以法、術、勢為核心的法家政治思想。他認為君權是至高無上的，君主的地位是決定一切的。這樣，韓非就把過去法家學派中分散而各有側重的法、術、勢三派糅合到一起，形成了戰國時期法家思想集中合流的理論體系，成為法家思想的集大成者。

造化也許有意與這位滿腹經綸的才子為難。他雖胸懷韜略，遠見卓識，卻患口吃。這一生理缺陷，嚴重影響了他的說客生涯。社會需要善於言談之士，而韓非卻有如此障礙，真像他自己所說的那樣「說難」啊！韓非雖不善於口辯，卻有如椽巨筆，文章寫得洋洋灑灑，詞鋒犀利，論理透闢，氣勢不凡。韓非曾在韓國任職，屢次針對韓國的積弱，上書勸諫韓王實行變法，革新政治，卻未被採納。他在悲憤之餘，將自己的主張整理成文字，寫出了〈孤憤〉、〈五蠹〉、〈內外儲說〉、〈說林〉、〈說難〉等十萬字的文章，集中地反映出他的思想體係。後來，這些文章傳到秦國，一代雄主秦王嬴政讀到了其中〈五蠹〉、〈孤憤〉等篇，大為讚賞，感嘆說：「我要是能見到作者並和他交朋友，死也無憾了。」李斯聞聽此言，就對秦王說：「這是韓國公子韓非寫的。」秦王為了得到韓非，竟發兵攻韓，逼迫韓王以派遣外交使者的名義，將韓非送到秦國。韓非的個人命運就此發生轉折。

韓非到秦以後的活動，並無太多翔實史料。從現存的〈初見秦〉、〈存韓〉看，韓非在秦國是有一定的政治活動的。從內容看，其基本立場是為秦國利益著想，但其中卻以「存韓」為手段之一，其用心顯而易見，不過是為自己國家爭得一絲苟延殘喘的機會。這便給嫉妒和憎恨他的人提供了陷害他的機會。韓非入秦，並非自願，和李斯不同。李斯想飛黃騰達，輔佐秦王出於自願。韓非則不然，他作為韓國貴族後裔，對韓國抱有存恤之心，並不為怪。

才高見妒，古今同理。韓非的才學得到了秦王的賞識，卻也引起了李斯的嫉妒。李斯自知才學不如韓非，自己雖為秦國重臣，卻擔心韓非強於自己，便把韓非視為眼中釘、肉中刺；而秦王之所以要得到韓非，一方面因為韓非的學識淵博、奇貨可居，另一方面也不希望像韓非這樣的人才為別國所用，所以並不完全信任韓非。

韓非沒能躲開李斯從背後射來的冷箭，也沒能在秦王面前解釋姚賈對他的詆毀。姚賈詆毀韓非，事出有因。當燕、趙、吳、越四國將聯合攻打秦國的時候，縱使秦國國富兵強，也很難抵禦四國的聯兵。國家危在旦夕，戰爭迫在眉睫，秦王召集群臣，商討對策。姚賈聲稱他可以出使四國，平息戰亂。於是姚賈帶上重金厚禮，到各國去進行賄賂，終於使四國改變初衷，化干戈為玉帛。秦王大喜。姚賈回國後，封以千戶，拜為上卿，受到秦王恩寵。韓非卻以姚賈的行為為不恥。賄賂四國不但有損於秦國的威勢，同時也可能招致更多的敵國來犯，遺下後患。韓非還譏諷過姚賈出身的卑微和行為的不軌，所以姚賈也對韓非恨得咬牙切齒。

李斯、姚賈便聯合起來，向秦王進讒言道：「韓非是韓國的公子，現在大王想吞併諸侯，韓非終究是維護韓國而不會幫助秦國的，這是人之常情。大王不用韓非，把他長期留在秦國，最後送他回去，日後定會留下禍患，不如把他殺了。」秦王連連點頭稱是，隨後便把韓非治罪下獄。李斯心中暗喜，但也怕夜長夢多，便急急忙忙派人弄來毒藥，放在韓非面前，讓他自殺。韓非眼望毒藥，百感交集，千頭萬緒湧上心頭。他做夢也沒想自己要以這種方式結束生命。他先是沉默不語，突然間怒吼著，雙手猛砸牢門，呼喊著要見秦王，申訴不平。可是這時的韓非畢竟是身在異鄉，求助無門，想面見秦王為自己申訴，卻有李斯、姚賈從中作梗，他被逼無奈，於公元前二三三年在獄中服毒自殺。待秦王後悔，感到這樣做過於草率，派人赦免韓非時，已經太遲了。

韓非的一生，雖無輝煌的政績，卻留下了洋洋十餘萬言的政治理論、治國方略，被後人輯成《韓非子》一書。此書文章格高氣盛，不僅題旨軒昂，立意高遠，而且談鋒犀利，語言峭拔，令人感到排山倒海、不可阻遏的氣勢。文中還大量運用貼切的比喻，形象生動，使人易於接受。運用很多寓言，用質樸平易的語言，說明了深刻的道理。正因為他的散文獨樹一幟，表現出鮮明的藝術風格，所以曾與孟子、莊子、荀子並稱為「四大家」。

韓非自視甚高，卻不能為當時所用，明知「說難」，卻不能自免。他的悲劇命運不能不給後人留下深深的歎惋。

抑鬱出來的華章

韓非心存富國之情，胸有強兵之志，屢次針對韓國的問題，上書勸諫韓王革新政治，實行變法，但始終都不被採納。他懷才不遇，浩嘆無窮，悲憤之情，溢於言表，於是寫下了〈孤憤〉、〈說難〉等文章，抒發心中抑鬱不平之氣。

在〈說難〉一文中，韓非把揣摩透君主心理，看作是勸諫成功的前提條件，認為只有了解君王的喜好與愛憎，選取適當的時間和角度去遊說，才能達到預期的目的。

韓非把進言的對象（即君主）作了細緻全面的研究，針對不同對象，提出遊說者需要注意的問題。如果進言的對象是追求名譽的人，卻用豐厚的利益來進言，就會被看作節操低下而被瞧不起。如果進言的對象是重利益的人，要是用名譽來勸說，這就會被認為是沒有心計而不切實際，必定不會被接受。如果進言的對象是心裡貪圖利益而表面上看重名譽的人，卻用名譽去說服他，那進言的人就會表面上被錄用，而實際上被疏遠；如果用豐厚的利益去說動他，那被進言的人就會暗中採納意見，而表面上拋棄他。無論如何，勸諫者始終處于為難的境地，危險和猜疑始終與其相伴。所以遊說者要懂得粉飾聽話對象所得意的東西，而替他遮蓋自以為羞恥的事情。如果聽話的人有私人的急事，進言者就要向他表明那事情合乎公眾的利益而鼓動他去做。聽話的人意圖卑劣，進言者就應把他的想法加以美化，讚譽與聽話者行為相同的其他人，策劃與聽話者想法相一致的其他事。對與聽話者有同樣缺點的人，進言者一定要大加粉飾，說那沒有什麼害處。進言的主要內容不要同聽話者的意圖背道而馳，言辭不能有摩擦，然後就可以像奔馬馳騁般施展自己的才智和論辯了。用這種方法，就會收到良好的效果。聽話者親近而不懷疑進言者，進言者就可以把話說得透徹。韓非著重分析人主的心理活動，詳盡地分析了宣傳遊說的危難。韓非明知說難，卻沒有卻步，他作為先秦法家思想之集大成者，其思想是順應戰國時勢而發展起來的政治理論，這理論只有為君王所接受和採納，才能實現其價值，那麼研究宣傳遊說人主的理論和技巧，則又關乎其自身的成敗。

韓非曾稱讚做廚師的伊尹和做奴隸的百里奚。他們雖是聖人，卻是依靠卑賤的方式得了君主的信任。如果能達到這樣的目的，勸諫的人也不應以卑賤的方式為恥。韓非希望能通過與君主長時間的接觸，得到君王的恩寵，可以深入地策劃計謀而不被懷疑，長時間地爭論而不被怪罪，這樣就可以明白地剖析利害，達到建功立業的目的。但伴君如伴虎，建功立業談何容易！韓非又講了「鄭武伐胡」、「宋人牆壞」這樣兩個故事，來說明「說難」的道理。

一個故事說，過去鄭武公想討伐胡國，就先把自己的女兒嫁給胡國的君主，以使他高興。然後問群臣說：「我想打仗，誰可以是討伐的對象呢？」大夫關其思回答說：「胡國可以討伐。」武公一怒之下殺了關其思，並說：「胡國是兄弟國家，你提議討伐，是何用意？」胡國君主聞聽此事，誤以為鄭國很愛護自己，因此疏於防備。鄭國人終於襲擊胡國，一舉吞併了它。當時關其思雖然說出了實情，卻招來殺身之禍。

另一則故事更為人們所熟知。講的是宋國有一位富人，連日大雨淋壞了牆壁，他兒子說：「如不把牆修築好，必然會引來強盜。」鄰居一位老人也這樣說。晚上，他家果然丟失了許多財物。這家主人十分讚賞自己的兒子有遠見，卻懷疑鄰居老人是盜賊。其實，老人的判斷與其子並無差別，富人卻懷疑他，這是因為老人與他的關係不夠親密，還達不到可以直言相勸的程度。

韓非還把人主比作龍。當他溫馴的時候，可以戲耍坐騎，但它喉下一尺左右，倒生一塊鱗甲。如果有人不小心扯動它，龍就會怒而殺人。君主也有倒長的鱗甲，進言者如果不小心觸動君主的逆鱗，也同樣會有生命危險。

在〈孤憤〉一文中，韓非從君主、臣下談到自己，實是有感而發。他認為通曉統治技巧的人，必須有遠見卓識，能明察臣下的隱私，任用那些遵循命令而履行職責、按照法令恪盡職守的人，而不讓那些沒有命令擅自行動、損害法律以利於私、削弱國家便宜自己、權高勢顯控制君主的小人得勢。如果小人得勢，必定會造成百官為小人所控制的局面。百官會在君王面前頌揚小人，因為他們想依靠小人而謀求仕途的顯達，這樣就會出現君王受到蒙蔽，而小人的權勢越來越重的情形。

歷來君王多喜愛曲意逢迎、阿諛奉承之臣，所以朝中多是姦邪橫行，小人得志，結成朋黨，相互勾結，蒙蔽君主。韓非要推行以法治國的理論，卻不能得到君王的信任；他要以法治權術等言論，匡正君王的邪惡之心，卻不能同君王達成共識。地位低賤而無朋黨，與權貴勢不兩立，勢必是以卵擊石。韓非已意識到，推行法治的人，不是被官吏以種種罪名誅殺，就是被奸人讒言所傷害，而自己作為正直忠貞之人，以專注和廉潔來約束自身，必不能用財物賄賂來侍奉他人，所以自然不能討好君王的左右。

君王身旁既多庸碌無能之人，韓非曲高和寡，他的治國理論自然不會受到肯定和賞識。所以，像他這樣的耿介之士，必然是心情孤憤，抑鬱難申。他便用自己的文章抒情言志，寫成〈孤憤〉等篇，說理透闢，長於排偶，重於鍊句，辭鋒犀利，難怪秦王對其文其人大加讚賞。

司馬遷在〈報任安書〉中曾說：「韓非囚秦，〈說難〉、〈孤憤〉；《詩》三百篇，大底聖賢發憤之所為作也。」指出古來文人大都因其坎坷的遭遇和抑鬱難申的報國之情而留下了千古名篇。韓非「難體」文章的創作，對後世產生了深遠的影響。從東方朔〈答客難〉等名家的文章中，都可以看到韓非的餘韻。韓非雖滿懷一腔孤憤，深知勸說艱難，並對遊說之術分析詳徹，卻終難逃小人的誣陷，在秦國遭讒被殺。這也許才是真正的悲劇。而其〈孤憤〉、〈說難〉等文章則流傳至今，韓非亦因此而名垂青史，這也許又是令人感到欣慰的地方。

亡國之音毀了晉平公

春秋時代的一天黃昏，衛國之君衛靈公在去往晉國的途中，眼看夕陽西下，便問左右侍臣，已經行至何處。侍臣回答：「此地為濮水之南，名叫桑間。」衛靈公傳令於此地休息過夜。

夜半時分，衛靈公隱隱聽到從濮水那邊傳來陣陣音樂聲，輕柔優美，動人心弦，便派人出去察看，但所有人回來都說，沒聽到什麼音樂，更沒看到有人彈琴。衛靈公只好請來樂師涓，對他說：「就在濮水之濱，有人在彈奏優美時新的樂曲，我派人去打聽，可是都說沒有聽到，這讓我非常奇怪，好像是有神鬼在奏樂。你仔細聽一聽，並且把曲調全記下來。」

師涓答應了。他凝神靜氣，盤膝而坐，手撫琴弦，認真傾聽、記錄著時遠時近飄忽而至的樂聲。

第二天清晨，樂師涓來到衛靈公的臥寢，報告衛靈公說：「我已把樂譜全部記錄下來，但還沒有練熟，所以請求大王再停留一夜，我再進行練習。」衛靈公答應了。白天樂師涓反復練習，夜晚又與傳來的樂聲相參照。次日，衛靈公離開桑間，到了晉國。

晉平公在施夷之台大擺酒宴，款待衛靈公。在氣氛最為熱烈之際，衛靈公站起來說：「我有一首十分新奇的曲子，請讓我獻給諸位。」晉平公說：「那太好了。」衛靈公就叫來了樂師涓，讓他坐在晉國的樂師曠的旁邊。樂師涓奏出的柔靡哀婉的樂聲，如一縷輕風拂過殿宇。忽然，樂師曠以手按住琴絃，樂聲戛然而止，眾人不解其意，投來驚詫的目光，全場鴉雀無聲。樂師曠對晉平公說：「這是一首亡國之音，千萬不能彈下去了。」晉平公莫名其妙，問道：「這首曲子是何人所作，又是從何地聽來？」樂師曠說：「商朝時樂師延，為商紂王譜寫了這首靡靡之音。後武王伐紂，樂師延向東逃跑，於濮水自盡。其陰魂未散，每至深夜，常在濮水中彈奏此曲，所以要聽到這樂聲，一定是在濮水之濱。先聽到這樂聲的人，他的國家一定會滅亡，所以這首樂曲不能彈完。」晉平公執意要聽完，樂師曠不敢再反對，樂師涓便演奏完了全曲。

晉平公聽完後，又問樂師曠曲名，樂師曠說叫〈清商〉。晉平公又問：「這難道是天下最悲傷的樂曲嗎？」樂師曠告訴他，〈清徵〉的曲調比〈清商〉更哀傷。晉平公便想聽〈清徵〉曲調，樂師曠說：「不可。古代凡聽此曲調的人，都是品德高尚的君主，而君主您德行還不夠，所以我不能為您演奏。」晉平公不許，樂師曠只好彈奏。一遍還沒彈完，從南方的天際，飛來十六隻排成兩列的黑羽仙鶴，停息在宮廷門廊之上；奏完第二遍，仙鶴排成了整齊的隊伍；奏完第三遍，仙鶴發出悅耳的鳴聲，翩翩起舞。鶴鳴聲伴隨著音樂在天宇間迴盪，所有人都陶醉其中，晉平公手持酒杯，站起身來，為樂師曠精湛的演技祝賀。

晉平公又問樂師曠，是否還有比〈清徵〉更悲傷的音樂，樂師曠告訴他〈清角〉更悲傷。晉平公讓他演奏，樂師曠說：「這可萬萬不行。過去黃帝曾在泰山上與鬼神相會合，只有在那樣盛大的集會上，才能演奏〈清角〉這樣的音樂，而君主您現在德行還沒有布施天下，不具備聽〈清角〉之音的條件，如果一定要聽，恐怕會給您帶來不幸。」晉平公面露哀愁，長嘆一聲說道：「我已體弱年邁，時日不多，而我一生所喜歡的是美妙的音樂，希望你能在這裡為我演奏，了卻我的心願。」眾人靜默無聲，等待著樂師曠的答復。

樂師曠十分為難，只好輕撥琴弦，開始了驚天地、泣鬼神的演奏。樂曲剛剛演奏完第一節，天地變色，日月無光，黑色的烏雲從北方的天際湧起，遮蓋了天空，眾人面面相覷，目瞪口呆。樂師曠開始了第二節的演奏，狂風呼嘯，殿前的大樹被狂風吹得東搖西晃，小樹被連根拔起，大雨傾盆而下，天地之間一片蒼茫，宮殿的帷幕被大風扯破，桌上的盤碗杯碟被吹起來，摔得粉碎，門廊上的瓦也被掀掉，變成了滿地碎片。眾人慌不擇路，四散奔逃，晉平公嚇壞了，踉踉蹌蹌地逃跑，摔倒在了門廊和殿宇之間。

此後連續三年，晉國大旱，禾稻難生，滿目焦土，民不聊生。晉平公也一病不起，身體日漸衰弱。

和氏璧和法家人士的悲劇

和氏璧是人所共知的珍寶，但其來歷卻有著一段浸滿血淚的故事。春秋時期，楚國有一個叫和氏的人。一次，他在山中尋得了一塊玉璞。他捧著玉璞把它獻給了厲王。厲王找來治玉的工匠，讓他對這塊玉璞進行鑑定。工匠回稟厲王說：「這是一塊毫無價值的石頭。」厲王大怒，認為和氏欺騙他，於是下令砍下了和氏的左腳。厲王死後，武王即位。和氏想，獻寶的機會來了。於是，又捧著玉璞，獻給武王。武王也找來治玉的工匠鑑定，工匠還是回答說：「是石頭，根本就不是什麼玉。」武王也認為和氏大膽欺君，妄圖用石頭冒充美玉來行騙，於是又下令砍下了和氏的右腳。武王死後，文王登位，已被砍去雙腳的和氏抱著他的玉璞，在楚山之下高聲痛哭，三天三夜，眼淚流乾了，又從眼中流出鮮紅的血。文王聽說此事，便派人去問和氏：「普天之下，被砍去雙腳的人很多，為什麼唯獨你這樣悲傷呢？」和氏回答：「我並不是因為被砍去雙腳而悲傷，我悲傷的是寶玉被人當做石頭，忠貞的人被當做騙子，這才是我悲傷的真正原因。」於是文王派工匠對和氏的玉璞進行了細緻的加工，剖開玉璞，得到的竟真是一塊晶瑩溫潤的美玉。這塊美玉，就是稀世之寶「和氏璧」。

和氏雖懷抱美玉，卻被砍去了雙腳，付出慘重的代價；而法家人士，雖有雄才大略，胸懷治國安邦之策，卻不能被君王所任用，甚至招來殺身之禍，法家人士的悲劇不斷地在歷史舞台上重演，這兩者是何等的相似！

在戰國時期的楚國，法家的代表人物吳起，協助楚悼王實行變法。他針對楚國存在的政治弊端，向楚悼王直言勸諫：「現在楚國國內大臣權勢太重，有封邑的貴族太多，大臣權高勢重就會逼迫君主，君主就喪失了所應有的權力，而黎民百姓也會因為封邑貴族的統治而被虐待。這樣的結果，必然會導致國家日益貧窮，軍隊因供給不足而喪失戰鬥力。所以，消除這些導致國家衰亡的因素迫在眉睫。」吳起又向楚悼王提出了這樣的建議：對有封邑的貴族子孫，至第三代就收回爵祿，取消或減少百官的俸祿，對那些不必需或不緊要的官員實行裁減，用節餘的開支供養選拔出來進行訓練的戰士。楚悼王認為吳起講得很有道理，就接受了吳起的建議，取消貴族後裔的封邑爵祿，減少官員俸祿，裁減冗員，楚國的百姓得以安居，軍隊也增強了戰鬥力。但由於吳起實行變法，得罪了掌握實權的重臣貴族，楚悼王死後，吳起在楚國慘遭被肢解的酷刑。

說起法家人士的悲劇，商鞅也應是這一幕幕悲劇中的一個主角。商鞅是戰國時期法家的代表人物，他曾協助秦孝公變法圖強。秦孝公接受了商鞅的建議，並在秦國國內全面實行，社會出現安定的局面，國力也增強了。但好景不長，過了八年，孝公死後，商鞅在秦國被車裂，又一個法家人士以悲劇收場，退出了歷史的舞台。

法家人士的悲劇，給後人留下了無盡的思索，「文死諫，武死戰」，成為忠臣良將的悲劇寫照。後世文人鮮於直言進諫，而多是托物言志委婉迂回地表達對朝政的不滿，而變法維新，幾乎成為王朝中的一塊禁地，無人敢於涉足。法家人士悲劇產生的根源，就在於其單純地相信君王個人的力量，打擊了當朝權貴的大多數，同時也沒有得到黎民百姓的支持，所以其悲劇的發生是難免的。法家人士的悲劇，在後世文人心理上投下了陰影，加重了其宦海沉浮、「伴君如伴虎」的悲劇文化心態，他們不再敢直接地參與政治，揭露時弊。但中國的文人向來以國家前途、命運為己任，不能為保全性命苟且偷安，只能常以詩文針砭時弊、揭露黑暗，憂時傷生，所以才有了不計其數的內涵豐富、思想厚重的優秀詩文。

當然，法家人士的悲劇命運，政治的殘酷無情，也使許多文人或學仙，或參禪，吟風詠月，寄情山水，在遊歷祖國美好山川中寫下了流傳千古的詩文，這或許又是不幸中的大幸。

「楚囚南冠」的愛國傳統

早在春秋初期，「楚囚南冠」的故事，就被人們作為楚人愛國的事例而廣泛流傳。

公元前五八四年的秋天，楚國的大將子重帶兵進攻鄭國，駐軍在汜，諸侯紛紛派兵救援鄭國。鄭國的大將共仲、侯羽趁機帶領軍隊包圍了楚軍，並擒獲鍾儀，把他獻給晉國。晉人帶著鍾儀，興高采烈地回了國，把他囚禁在軍用倉庫裡。

過了兩年，晉君視察軍用倉庫，見到了鐘儀。這時的鐘儀仍然戴著南方楚人的帽子，一副威武不屈的神態。晉君問：「那個人是誰呀？」手下的官員回答說：「那是鄭人獻來的楚國戰俘。」晉景公感到奇怪，兩年已過，為什麼他還戴著南方人的帽子？於是命人把他帶來，詢問有關情況。鐘儀拜謝了晉君的厚意。晉君問他家族出身，回答說：「是樂官。」晉侯問道：「那麼你能夠演奏音樂嗎？」鐘儀回答說：「這是先人的職責，我不能忘本，豈敢從事於其他事呢？」晉君命人給他一張琴，請他彈奏。於是一曲淒楚婉轉、感人至深的南楚音樂從琴上流出。晉君把這件事告訴了范文子，範文子稱讚說：「楚國的囚犯是個君子啊。說話中舉出先人的職官，這是不背棄根本，奏的是家鄉的樂調，這是不忘記故舊。」並勸晉君放他回去，讓他回國締結晉、楚之好。晉君聽從了范文子的建議，對鐘儀重加禮遇，並讓他回國去求和。此後，在古代詩文中，「南冠」常被用作囚犯的代稱。關於楚人的愛國事蹟，在古代史籍文獻的記載中，是不勝枚舉的。

公元前六五六年，齊桓公統帥魯、宋、陳、衛、鄭等諸侯國的軍隊進攻楚國，楚君派大夫屈完赴諸侯聯軍中談判。為了向楚示威，齊桓公將諸侯的軍隊都陳列出來，他和屈完乘車觀看。齊桓公說：「用這麼多的將士來作戰，誰能抵擋得住？用他們來攻城，什麼城池攻不破？」屈完回答說：「您如果用德來安撫諸侯，沒有誰敢不服；但您如果憑藉武力，楚國將以方城山當做城牆，用漢水河作護城河，以死相拼！你們的軍隊再多又有什麼用呢！」屈完面對強敵，大義凜然，慷慨陳詞，表現了楚國人民森嚴壁壘、眾志成城的抗敵決心。公元前五〇六年，吳攻陷楚郢都。申包胥為了拯救自己的祖國，到秦國去請求援救。由於秦哀公沒有心思出兵，申包胥竟然在秦宮廷前哭了七天七夜，淚盡繼之以血。他捨生忘死的救國之情，終於感動了秦國君臣，使秦君發兵救楚。

當然，楚人這種濃厚的愛國情感，是在楚國的歷史發展中逐漸形成的。但是，在相當長的歷史時期中，北方中原各族對遠在南方的楚人是缺乏了解的，始終認為楚是未曾開化的、保守落後的、軟弱可欺的野蠻民族，稱楚為「被髮左衽」的荊蠻，經常出師征伐。早在原始社會，楚民族的前身三苗，就曾不斷受到黃、炎的攻擊，後來又受到禹的大規模討伐，被迫退居到江南的山林草莽之中。在殷商時代，又受到殷武王的攻伐。至周朝，雖然從楚國的先君鬻熊開始，世世代代臣服於周，但周天子對於南鄉的楚民族往往放心不下，認為「非我族類，其心必異」，而多次出兵攻伐。正是由於周天子對楚人的歧視，所以僅僅給楚君以「子」的爵位；周成王與諸侯在岐陽會盟時，按周天子排定的尊卑次序，楚君與東夷的鮮卑之君一起守望門前的火炬，地位和守門人一樣卑賤。但長期的壓抑、欺侮、損害，不僅沒有使楚人屈服，相反更加激起了他們自強不息的鬥爭精神，培養起他們濃厚的民族意識、強烈的民族感情和不可摧折的民族自尊心、自信心。

楚國地處長江流域，那裡氣候溫暖，山川秀麗，物產豐富，水陸交通發達，是有名的「澤國」。優越的自然環境，給人們的生產和生活提供了良好的條件，人們「飯稻羹魚，火耕水耨」，無饑饉之患，無凍餒之虞，過著自給自足的生活。同時楚國還是一個兼得「金木竹箭、皮革角齒」的富饒之邦，又是和氏璧、隨侯珠的產地。優越的自然環境，豐富的物產，獨特的文化和風俗，很自然地培養了楚人依戀鄉土的深厚感情，形成了共同的民族心理。

春秋戰國時期，遊說之風盛行。歷史上雖然也有「楚材晉用」、人才流於他國的情況，但像屈原那樣，寧肯被疏遠流放，長期不得重用，直至獻出生命，而始終不去投奔他國的愛國人士，才真正代表了楚國民族精神的主流。

偉大的悲劇詩人屈原

屈原是我國文學史上出現的第一個偉大詩人。他一生都懷著高潔的品德，追求著美政的理想。但他卻不斷遭受打擊，幾度流放，最後自投汨羅江而死，充滿了悲劇色彩。他的政治生涯是失敗的，他的創作卻取得了輝煌成就，以其奇特的構思、奔放的感情、雄渾的氣魄和華美的文辭，批判現實，抒寫理想，把我國古代詩歌藝術推向了一個新的高峰。

屈原，名平，字原，戰國末期楚國人，約生於公元前三四〇年，卒於公元前二七八年。當時有「人生於寅」為吉祥的說法，而相傳屈原的生辰恰逢「寅年寅月寅日」，以一身而獨佔「三寅」，他的父親便覺得屈原不同一般，於是一降生就給了他美好的名和字，即〈離騷〉中所說的「名余曰正則兮，字余曰靈均」。「正則」，是公正可為法則的意思，是天的象徵，暗寓「平」之義；「靈均」是「神田」的意思，是地的象徵，暗合「原」之義。屈原

「寅」的生辰，加上「平」和「原」的名字正包含著天、地、人三者統一於一身之意。屈原很以這種與生俱來的美好稟賦而自豪，稱之為「內美」，同時又對自己的美好品德不斷加強修養，以此來抵禦世風時俗的侵襲和沾染，稱這為「外修」。

屈原出生於楚國舊貴族的家庭，是楚武王之子屈瑕的九世孫。但到屈原的時代，屈氏的勢力已經衰落。孟子曾說：「君子之澤，五世而斬。」（《孟子・離婁下》）韓非子也說：「楚邦之法，祿臣再世而收地。」（《韓非子・喻老篇》）可見屈原在〈惜誦〉中說「忽忘身之賤貧」，並不是一時的憤激之辭。事實上他已經完全喪失了「世卿」、「世祿」的貴族特權，喪失了采邑封地。因而從實際階級地位看，充其量只能算作沒落的貴族。這種出身，使他既能夠接受貴族子弟的文化教育，又有機會接觸下層民眾，對他政治思想的形成具有重要意義。

屈原二十幾歲就開始參與政治活動。據《史記》記載，屈原年輕時學識深厚，見聞博洽，「入則與王圖議國事，以出號令。出則接遇賓客，應對諸侯」，甚得楚懷王信任。他做過楚懷王的左徒，左徒是僅次子令尹的高官。他以其「博聞強志，明於治亂，嫻於辭令」的傑出才能，得到一度熱心於改革的楚懷王的重用。但到後來，當屈原看到楚懷王政治日漸腐敗、國勢每況愈下的危機局面，又看到了秦國因變法而強盛起來的事實，便繼承了吳起變法的傳統，在新的歷史條件下，針對楚國的具體情況，開始實行變法。他對內主張嚴明法度，限制貴族特權，舉賢授能，以推行「美政」，進而達到富國強兵的目的。對外主張聯齊抗秦，屈原曾多次出使齊國，以結同盟。公元前三一八年六國合縱，楚懷王被推為縱約長，與屈原是有一定關係的。

屈原的改革主張，遭到了腐朽的舊貴族的極力反對，他們在懷王面前進行讒言相害，加上秦國派張儀南見楚王，「厚幣委質事楚」，並以商於之地六百里誘使懷王絕齊。懷王見利忘義，不顧自己「縱長」的身份，撕毀了屈原親自締結的齊楚盟約，並「怒而疏遠屈平」。此後，屈原便擔任了有職無權的三閭大夫，管理王族子弟教育和昭、屈、景三姓的宗族事務，一般情況下不許參與朝廷政事。

屈原被黜以後，秦、楚、齊等國之間展開了更加激烈的鬥爭。先是秦王使張儀入楚，勾結懷王寵姬鄭袖，哄弄楚王，使楚國在政治上、外交上吃了大虧。接著楚懷王輕率出兵攻秦，又遭大敗。屈原在這段時間，曾被派遣出使齊國。《新序‧節士篇》載：「是時懷王悔不用屈原之策，以至於此，於是複用屈原。」屈原使齊，再修楚齊之盟。但楚懷王已經陷入了親秦派舊貴族的包圍之中，不久又發生了懷王不聽屈原諫阻，入秦被拘，客死於秦的事件。

頃襄王即位後，不思臥薪嚐膽，報仇雪恨，反而以其弟子蘭為令尹，在屈辱事秦的路上越滑越遠。楚國人民對此表現出強烈的不滿，屈原更是疾惡如仇，對子蘭一夥異常憤恨。《史記》載：「令尹子蘭聞之，大怒，卒使上官大夫短屈原於頃襄王。頃襄王怒而遷之。」屈原被再次流放，從此徹底告別了楚國的政治舞台。作為一個政治家的屈原是失敗了，這悲劇卻成就了一個偉大的詩人。

屈原一生的成就，主要表現在文學方面。屈原的作品，收集在《楚辭》一書中。《楚辭》是我國文學史上繼《詩經》之後的文學經典，它的影響遠遠超過了《詩經》。在形式上，楚辭打破了四言格律，利用民間歌謠的自然韻律；在內容上，充滿了愛國激情，想象力非常豐富，無論寫景抒情，闡發政治理想，探索自然規律，都是前無古人的。

屈原的作品，前期有〈橘頌〉和〈九歌〉。〈橘頌〉是一首比興體的詩，前半首歌頌橘樹，後半首抒寫抱負。以歌頌橘樹歲寒不凋，深深植根在祖國的土地上，來抒發自己熱愛祖國、堅貞不貳的感情。他這樣寫道：輝煌的橘樹啊！樹葉紛披，生長在南方，獨立不移。這也是屈原忠於祖國的誓言。

〈九歌〉是一組祭祀鬼神的舞曲，包括歌辭、音樂和舞蹈，是我國古代戲劇的萌芽。這些祭歌，歌詞清新，音調鏗鏘，用瑰麗的詞句把楚國秀麗的山川和那些自然神祇融為一體，構成了優美的神話劇。而〈國殤〉以雄偉氣勢，描寫了古代的戰爭場面，禮讚那些為保衛楚國而犧牲的英雄。

隨著屈原在政治上的失意，他的作品不再是宮廷的舞樂，或者是抒情的小詩，而是篇幅宏大、內容豐富的不朽詩篇。屈原離開了楚國宮廷之後，浪遊在楚國的大地上，他關心著楚國的興亡，目睹了人民的疾苦，既不能拯救祖國，又不願離開故土和人民，內心充滿了痛苦和矛盾。在這種心情下，屈原寫作了〈離騷〉、〈天問〉兩首著名的長詩和〈九章〉中的另外八首詩作。

〈離騷〉是屈原一生中最宏偉的詩篇，也是我國古代少見的長詩。作者把現實的敘述和瑰麗的幻想交織起來，把雷、電、風、雲、日、月作為他的侍從，駕駛著鳳凰和虯龍拉的車子在太空中馳騁。他到達了天國的門前，站在世界的屋頂，也去過極西的天邊，他上天入地去追求自己的理想，結果是失望了。他下望人寰故鄉，不忍離去，決心用自己的生命來殉他的祖國。〈離騷〉充分發揮了屈原的想象力，深刻影響了後代的詩人。

在〈天問〉這首長詩中，屈原一共提出了一百七十二個問題，大膽地懷疑了舊的傳統觀念，對自然現象、社會現象、古代歷史、神話傳說，都提出了一系列迫切要求解答的問題，體現了戰國時期人們思想的解放和智慧的發展。關心祖國命運和人民前途的屈原，把當時人們總結歷史經驗、探索未來的理想，要求了解社會、研討自然的願望，都歸納到〈天問〉詩中。這首長詩，在我國哲學史上也佔有重要地位。所以，屈原不僅是一位詩人和政治家，還是一位深刻的思想家。

到了屈原晚年，楚國的郢都被秦軍攻破了。這對漂泊困頓中的屈原來說，可謂是最後的打擊。他傷心至極地寫下〈哀郢〉，其中充滿了國破家亡之痛。最後，又絕望地寫下他的絕筆〈懷沙〉。終於在舊曆五月五日自沉於汨羅江，落得個千古奇悲的結局。據說，後世人們在這一天划龍船、吃粽子，就是為了紀念屈原。

作為一位偉大的愛國詩人，屈原的高潔人格和愛國精神光照千秋。屈原的作品，既是我國寶貴的文學遺產，也是世界文學的重要財富。這些作品已被譯成多種文字，為人們所誦讀喜愛。唐代大詩人李白說：「屈平辭賦懸日月，楚王台榭空山丘。」正說明了屈原作品在歷史上的崇高地位。

充滿浪漫氣息的組詩：〈九歌〉

〈九歌〉是屈原根據楚國民間祭神樂歌而創作的優美動人的組詩。它情致縹緲，舞態婆娑，洋溢著奇幻魄麗的浪漫氣息。

〈九歌〉名稱的來源甚為古老。據《山海經》記載，〈九歌〉原是天帝的樂曲。一次，夏後啟來到天宮，獻給天帝三位美女，卻從天上偷走〈九辯〉、〈九歌〉兩套樂曲，供自己盡情享受。楚國民間流行的〈九歌〉，是否是上古〈九歌〉的原調，已不得而知。但它作為祭祀樂歌的性質和用途，與上古〈九歌〉應該有著直接的繼承關係。

〈九歌〉流行於楚國，並非偶然，實際上它是南方荊楚文化傳統的反映，是楚國人民的宗教巫風的具體表現。楚國南方沅、湘一帶，民間風俗尊鬼神、重祭祀，祭祀時必定要奏樂、唱歌、跳舞，並由巫覡裝扮成神靈，表演一些神人相通的故事，來討神靈的喜歡，以求得福祐。祭祀活動又常常與性愛相結合，祭祀儀式的同時伴隨著大規模的男女歡會。所以，原始的歌詞，通常是以性愛為主題的。屈原流放到南方以後，在民間祭祀歌詞的基礎上，進行了加工、改寫，使它得以廣泛流傳，既保留了原來民間祭歌的神話色彩，又賦予這些故事以新的社會意義。所以，王逸《楚辭章句》認為：

〈九歌〉者，屈原之所作也。昔楚國南郢之邑，沅、湘之間，其俗信鬼而好祠，其祠必作歌樂鼓舞以樂諸神。屈原放逐，竄伏其域，懷憂苦毒，愁思沸鬱，出見俗人祭祀之禮，歌舞之樂，其詞鄙陋，因作〈九歌〉之曲。上陳事神之敬，下見己之冤結，托之以諷諫。

這話應當是符合實際的。

〈九歌〉之「九」，在古代代表多數的意思。所謂〈九歌〉，即指由許多樂章組成的組曲。屈原的〈九歌〉，共十一篇作品。其中，除最後一篇〈禮魂〉是送神曲外，其餘十篇各有不同的內容，也就是以祭歌的形式歌唱不同的神靈。這些神靈，都與人類的生產、生活有著密切的聯繫，屈原為每位神靈作一歌，大致可分為三種類型：

（一）天神：〈東皇太一〉（天神之最尊貴者，即天帝）、〈雲中君〉（雲神）、〈大司命〉（主管壽命的神）、〈少司命〉（主管子嗣的神）、〈東君〉（太陽神）。

（二）地祇：〈湘君〉、〈湘夫人〉（湘水之神）、〈河伯〉（黃河之神）、《山鬼》（山神）。

（三）人鬼：〈國殤〉（陣亡將士之魂）。

〈九歌〉中，有一部分是寫人們對天神的熱烈禮讚，表現了人們對大自然的熱愛和歌頌，同時也凝聚著人們在現實生活中的美好願望，如祈求雨水充足、農業豐收、子孫繁衍等，因而祭詞中多偏重求雨和性愛的內容。

〈九歌〉中，更多的是一些描寫人神戀愛的作品。中國古代原始宗教習俗有一個非常重要的特徵，即祭祀與性愛相結合，屈原則根據民間祀歌的內容和風格，進行了加工改寫，使它們成為十分優美動人的愛情詩篇。在〈九歌〉中，把神充分人格化，賦予神同人一樣的喜怒哀樂，悲歡離合之情。神的形象已接近於人了。

〈山鬼〉寫的是山中女神的愛情故事。詩中寫了她渴慕愛情、追尋配偶、赴約不遇及失戀後的悲哀。全詩以抒情為主，比較細緻地刻畫了人物的心理，把一個多情女子在追求愛情時的一往情深，以及愛情受挫時的心理波折，都刻畫得淋漓盡致，十分感人。

〈河伯〉寫黃河之神的愛情生活，詩中描述了雙方形影相隨、心潮飛揚的親密關係。最後雖然也有「子交手兮東行，送美人兮南浦」的離別，卻沒有猜忌與疑慮，沒有憂傷與痛苦。

在藝術表現上，〈九歌〉以楚國民間的神話故事為背景，充滿了浪漫主義色彩。詩中所寫的各類神靈，其生活環境、容貌體態，無不符合他們的身份，具備神的性質，但卻又不至於荒誕無稽、光怪不倫。因為作者在不同程度上賦予這些神靈以人的特徵、人的性格，實際上是生活中人的生活與想象中神的特點相結合，從而使作品形成獨特的藝術風格，洋溢著奇幻的浪漫氣氛。作者還善於把周圍的景物、環境氣氛和人物的思想感情融合起來，從而構成某種情景交融的境界。如〈山鬼〉詩中，用深山中的雷雨交加、猿聲啾啾的夜景，來渲染山林女神因失戀而激起的愁苦悲憤之情，就寫得極為生動傳神。

〈九歌〉的語言，清麗華美，韻味悠長，優美自然，帶給讀者以豐富的情思和無限的遐想。

端午節民俗的來歷

在中國歷史上，屈原是最受普遍敬愛和普遍紀念的偉大詩人，他甚至影響到中國的民間風俗。據傳屈原是在農曆五月初五投江自盡的，在他逝世不久，民間就開始以獨特的方式來紀念他，那就是每年端午節划龍船、包粽子。

「端」是開端，起初之意。「午」則為五的同音通假。「端午」，即五月開端之意，因月日都逢五，兩個陽數重合，所以又稱端陽、重五。

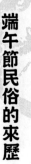

端午節龍舟競渡，是民間每年陰曆五月初五舉行的一種賽會。相傳在屈原自沉的那一天，當地人民紛紛划著船，從四面八方趕來，爭先恐後地到江心裡打撈屈原。從此以後，每逢這個忌日，人們就舉行龍舟競渡來紀念他。

關於龍舟競渡，在《荊楚歲時記》中說：「五月五日競渡，俗為屈原投汨羅日，傷其死所，並命舟楫以拯之。」《隋書・地理志》記得更加具體：

> 屈原以五月五日赴汨羅，土人追至洞庭，不見。湖大舡小，莫得濟者，乃歌曰：「何由得渡湖！」因爾鼓棹爭歸，競會亭上，習以相傳，為競渡之戲。其迅楫齊馳，櫂歌亂響，喧振水陸，觀者如雲。諸郡率然，而南郡襄陽尤甚。

龍舟競渡之舉，可以說是遍及全國水域，其中尤以湖南汨羅最為隆重熱烈。據載，汨羅競渡儀式是首先點起許多蠟燭，繞著龍船走三圈，祭祀木匠宗師魯班，稱為「亮燈」，然後抬起龍舟到屈子廟去舉行隆重祭祀，敬獻三牲和頂禮膜拜，稱為「祭廟」，最後才是把龍舟放到江中，稱為「下水」。參加競渡的龍船裝飾得特別漂亮，精心雕刻的龍頭龍尾燦然發光，十幾個甚至幾十名划手，身著一式短打，腕紮紅布。一切預備停當，只聽得一聲炮響，眾船像箭一樣一起飛出，船槳伴隨著鑼鼓聲，整齊而又急驟地奮力向前劃行。鑼鼓聲愈來愈快，在緊鑼密鼓的指揮下，各船激烈競爭，勇奪勝利。競渡多由「屈子祠」下的江面出發，而以「招屈亭」為終點。優勝的船上，劃手們高高舉起船槳，敲起勝利鑼鼓，向岸邊歡呼雀躍的人群頻頻致意，使競渡盛舉達到高潮。早在南唐時，競渡之戲就已很盛行，並且官府還頒發優勝者一些獎品。

歷代詩人多有描寫龍舟競渡的佳作，如唐代詩人張建封就曾生動地描寫了當時龍舟競渡的盛況。詩中說：「鼓聲三下紅旗開，兩龍躍出浮水來。棹影斡波飛萬劍，鼓聲劈浪鳴千雷。鼓聲漸急標將近，兩龍望標目如瞬。坡上人呼霹靂驚，竿頭彩掛虹霓暈。」劉禹錫在他的〈競渡曲〉中，也記載了當時龍舟競渡的場面，並寫出人們以此寄託對屈原的崇敬和哀思。詩中寫道：「沅江五月平堤流，邑人相將浮彩舟。靈均何年歌已矣，哀謠振楫從此起。刺史臨流褰翠幃，揭竿命爵分雄雌。彩旗夾岸照蛟室，羅襪凌波呈水嬉。曲終人散空愁暮，招屈亭前水東註。」此類詩歌，歷代都有，不勝枚舉。

端午節祭奠屈原的另一項活動，就是包粽子。據傳屈原投江後，人們擔心水裡的魚和蛟龍會傷害屈原的屍體，就用糯米、竹葉包成粽子，丟到河裡去餵魚和蛟龍。另據沈亞之《屈原外傳》記載：

屈原五月五日自投汨羅江而死，楚國人民哀悼他，每到這一天，就用竹筒裝米投水祭他。東漢建武年間，長沙歐回白晝裡忽然看見一人，自稱三閭大夫，對他說：「你常祭我，很好。但是你投下的祭品多為蛟龍搶去。今後你若再祭我，可用楝樹葉包在外面，用五彩絲線纏著。這兩樣東西是蛟龍害怕的。」歐回照辦了。從此世人端午做粽子都帶五彩絲線和楝葉，這是汨羅的遺風舊俗。

湖南的民間傳說中還說，人們依照屈原的話做了粽子以後，仍有一些被水族搶食。屈原又啟示人們說：「在用船送粽子時，可以將船裝飾成龍的樣子，水族皆怕龍，就不敢再吃了。」人們照他的話去做，於是相沿成習。

宋代詩人劉攽在〈端午詩〉中寫道：「萬里荊州俗，今晨採藥翁。浴蘭從忌潔，服艾已同風。泛酒菖蒲細，含沙蝘蜓紅。沈湘猶可問，角飯餵蛟龍。」這裡所說的角飯，即是粽子，又稱角粽。宋代人不僅愛吃粽子，而且粽子的花色名目也很多。據祝穆《事文類聚》記載：「端午粽子，品名甚多。形制不一，有角粽、錐粽、菱粽、筒粽、秤錘粽、九子粽等名。」

端午節這個古老的節日，和紀念屈原的美好風俗，從兩千多年以前，一代代傳下來，成為我國人民的傳統節日。直到今天，其意義和作用也在不斷發展。今天賽龍舟，不僅仍使人懷念偉大的屈原，而且還成為鍛鍊體魄的運動項目，它的生命力更加長遠不息。這個風俗還傳到了朝鮮、日本、越南和馬來西亞，反映了廣大人民對屈原真摯的熱愛與懷念，屈原不僅活在中國人民的心中，也受到世界各國人民世世代代的尊敬與愛戴。

「風流儒雅」的才子宋玉

戰國後期楚國的宋玉，是與偉大詩人屈原同時而稍晚的作家。在唐代以前，人們往往把屈、宋並稱。隨著時間的推移，屈原的形象越發光彩奪目，而宋玉的形象卻變得暗淡無光。提到屈原，人們想到的是忠君愛國，剛直不阿；而說起宋玉，人們想到的卻是美貌善媚，忘恩負義。那麼，宋玉究竟是一個怎樣的人呢？

宋玉（公元前二九〇年—公元前二二二年），出身卑微，生活窮困。他年輕時常為衣食而憂，但卻因容貌俊美、體態閒雅、才華橫溢而聞名遐邇。經朋友的引薦，他進入楚國朝廷，做了楚襄王的一名文學侍臣，後來又晉升為大夫，但地位卻始終不算很高。他和屈原同為楚王之臣，地位卻有天壤之別。屈原雖然後來被放逐，鬱鬱寡歡，卻畢竟有過輝煌的經歷，當初曾受到過重用。屈姓是楚國三大姓之一，所以屈原曾做到左徒（僅次於宰相）的官職，這便使他有機會與國王圖議國事，應對諸侯，面諫懷王的過錯。宋玉則不同。他沒有屈原的貴族身份，加之頃襄王昏聵，小人掌權，作為一個侍從之臣，在正式場合沒有多少發表政見的機會，只能在君王觀光遊樂之時，隨侍左右，為其助興逗樂而已。正是在這種情況下，宋玉寫出了〈風賦〉、〈高唐賦〉、〈神女賦〉、〈登徒子好色賦〉等傳世之作。

〈風賦〉是宋玉的代表作之一。這篇文章從寫風入手，展開豐富的想象，用精彩的文字對風進行了淋漓盡致的描寫，別出心裁地把風分為兩種——大王之雄風和庶人之雌風，用巧妙的方式，寫出了當時社會貴族和平民兩個階層懸殊的社會地位和生活境遇的差別。如此深刻的內容，用如此便捷而詼諧的語言表達出來，顯示了宋玉超凡的才能。如果說宋玉對無形之風的描寫令人驚嘆，那麼他對巫山神女的描寫則更令人叫絕。巫山神女是宋玉筆下最有代表意義、刻畫得最成功的形象，這一形象肇始於〈高唐賦〉，而完成於〈神女賦〉。巫山神女不僅有舉世無雙的美貌，飄逸的風採，更有賢淑溫順的內在之美。〈高唐賦〉、〈神女賦〉的序，都是優美的散文詩，它們把民間流傳的高唐神女的故事，用婉轉清麗的文字表達出來，在後代甚至比賦的本文流傳還廣。

由於宋玉容貌出眾，才華秀逸，便招來了許多人的嫉妒。當時有個叫登徒子的大夫，不僅嫉妒宋玉容顏俊美，體態閒雅，還嫉妒他的出眾文採，便向楚襄王進讒言道：「宋玉是個好色之徒。」宋玉聽到此言，面色從容、不慌不忙地進行了反駁，並反客為主，攻擊了登徒子的好色，不僅洗刷了自己的不白之冤，而且置登徒子於難堪的境地。記載此事的，便是著名的〈登徒子好色賦〉。這幾篇賦表面上都寫到對美貌女子的讚美，其實更深層的含義，是對楚王遊娛荒淫、好色誤國行為的諷諫。作為侍從之臣，宋玉只能把這嚴肅的內容，用詼諧的語言、華美的文辭表達出來。可是楚王並未因此而警醒，反而變得越來越昏庸。他寵信和重用的不是宋玉這樣有才華的人，而是那些無德無才、投機鑽營的小人，而這些小人是不能允許宋玉這樣的才子存身於朝廷的，他們不斷向楚襄王進讒言，搬弄是非，挑撥離間。結果，楚襄王終於把宋玉趕出了朝廷。

宋玉遠走他鄉，四處漂泊，因為他曾經蒙受過楚王的恩澤，便無法割捨對楚國的眷念之情，去也不是，留也不是，於是陷入了深深的矛盾痛苦中。面對滿目肅剎的秋景，他心頭縱有千頭萬緒，卻已無人可與訴說。楚國的命運就像這眼前的秋樹，已無力抵擋風雨的侵襲，而自己也正似這風中的落葉，只能隨風而逝。著名的〈九辯〉，就是在這種環境中寫成的。這是一首時代與個人的悲愴輓歌。在賦中，他希望楚王有朝一日能重睜慧眼，再振雄風，重新任用自己。但這只能是一種無望的期待。風流儒雅、才華橫溢的宋玉，在楚國處於風雨飄搖之時，寂寞而潦倒地死去了。可是，他無論如何也不會想到，後人對他的認識竟是那樣的互不相同。

後人對宋玉作出總體評價的，首先是漢代的司馬遷。他在《史記・屈原賈生列傳》中說：「屈原死後，楚國有宋玉、唐勒、景差等人，他們都愛好文學而以擅長辭賦著名。但他們都只學習了屈原辭令委婉含蓄的一面，而最終沒人敢像屈原那樣直言勸諫」。司馬遷這段話，在肯定宋玉文學才華的同時，對他不敢直諫的行為似乎略有不滿。在唐以前，宋玉在文人的筆下是一個遭遇坎坷、憂國憂民的仁人志士。第一次從「文」的角度給宋玉極高評價的，是南朝劉勰的《文心雕龍》。在〈辨騷〉篇中，作者提到宋玉達十三次之多，客觀地指出了宋玉對文學的貢獻，並且大發感嘆：「屈宋逸步，莫之能追。」

唐代是我國封建社會的鼎盛時期，詩歌的重大成就是空前的。但在封建社會中，即使像唐代那樣興盛的時期，也總是籠罩著一層陰影，文人們的遭遇並不像想象的那麼浪漫而富有詩意。社會弊病，仕途坎坷，內心的壓抑和不平，給他們帶來了無限感傷和憂慮，這使他們轉而向先賢那裡尋找知音，以寄託自己的理想和情感。宋玉就是他們所推崇的前賢之一。在眾多詠歎宋玉的詩人中，李白、杜甫、李商隱是名氣最大、創作最豐的。李白與宋玉有著相似的遭遇，所以在〈感遇〉中專詠宋玉，稱讚說：「宋玉事楚王，立身本高潔。」在〈宿巫山下〉又詠嘆道：「高丘懷宋玉，訪古一沾裳。」這位「詩仙」為宋玉所折服，視宋玉為知己。杜甫的遭遇較李白更不幸，他親身經歷了安史之亂，國家破敗，生活貧困，一生漂泊異地，年老時又悲愁多病。他同宋玉雖時代不同，但際遇相似，所以在詩中表達了對宋玉無限的緬懷和讚嘆之情。在他詠宋玉的詩中，以〈詠懷古跡〉之三為最佳。其中「搖落深知宋玉悲，風流儒雅亦吾師」二句，表達了對宋玉的高度讚賞之情。李商隱也在詩中推崇宋玉超群的才華，稱讚他的微辭諷喻。這幾位詩人以傷悼宋玉的悲劇，來暗示自己的懷才不遇，從而昇華了宋玉悲秋精神的境界。這使我們認識到，唐以前人們心目中，屈原和宋玉是可以並立的，無論在文采上，還是在精神上，都是如此。

到了晚唐五代，詩人心目中憂愁多悲的宋玉，變成了煙花叢中的多情才郎，又經過後代詞曲小說的豐富、發展，宋玉賦中演化出的風流逸事，被當做他真實的生活而越傳越真。明清時代出現了以描寫宋玉愛情為主線的才子佳人戲，宋玉憂國憂民的愁怨，變成了男女間的纏綿情思；他的微辭諷諫，又成了杜撰其風流韻事的根據。宋玉已變成了美貌風流、偷香竊玉的輕薄才子，他與屈原再不可同日而語。這便導致了現代人對宋玉的冷遇和輕蔑。

現代人們心目中的宋玉的形象，是由郭沫若的歷史劇〈屈原〉塑造的。宋玉已是與屈原相對立的、忘恩負義、奴顏婢膝的幫閒和弄臣。而郭沫若的依據就是司馬遷說的那句話：

「最終沒有人敢像屈原那樣直言勸諫。」固然，在司馬遷的心目中，宋玉是遜色於屈原的，但司馬遷只是說宋玉等人不敢直諫，並未曾說過他是奴顏婢膝呵！

總之，客觀公正地看，宋玉是繼屈原之後最有成就的楚辭作家。在文學上，屈原、宋玉各有千秋；從人格上講，宋玉微言諷諫，憂國憂民，精神也與屈原相通。而在長期的流傳中，宋玉的形象卻逐漸失去了本真。由此可見，形象固然是自我塑造的，但有時也是他人臆造的。願人們還給宋玉其本來的歷史面目——風流儒雅千古師。

〈風賦〉與〈神女賦〉：美勝「作者之容」

自然界中，凡有生命之物，都有雌雄之分。因此，世上萬物才生生不息，生命便在更替消長中延續著。風，是無生命的自然之物，生之於地，興起於草木之中，無色無味，來無形影，去無蹤跡，為我們所熟悉。如果把風分為雌雄，你一定感到驚奇。然而，兩千年前的宋玉卻做了如此出人意料的劃分，並寫成了千古絕唱的代表作〈風賦〉。

宋玉如何會有把風分為雌雄的奇思妙想？事情是這樣的：一天，天氣格外晴朗，藍藍的天空中時而飄過幾朵白雲，蘭台宮苑中古樹參天，枝繁葉茂，亭台樓閣間點綴著奇花異草。微風過處，送來縷縷清香。這正是遊覽觀賞的好時節。楚頃襄王怎能錯過這良辰美景，他便來到了蘭台宮苑。自然是宋玉、景差隨侍左右。

君臣一行面帶喜色，指指點點，走走停停，談天說地。忽然，一陣風颯颯吹來，襄王敞開了衣襟迎風解熱，任風吹拂，頓感十分愜意，便高興地說道：「這風吹得真是痛快啊！百姓是不是也和我共同享受呢？」宋玉馬上答道：「這是大王的風啊，百姓怎能分享？」襄王感到迷惑不解，便追問道：「風乃天地間自然之氣，遍及各處，無所不至，吹在身上不分高低貴賤，而你卻偏偏以為是我所專有。你能對此作些解釋嗎？」一般來講，這個解釋的確難以作出。可是宋玉畢竟聰明過人，加之常陪侍君王身邊，更使他機敏異常。在楚王的追問下，他侃侃而談：「我曾聽我的老師說，枳樹彎曲，鳥兒就愛在上面建巢；洞穴虛空，所以常有大風吹過。風的來源不同，氣勢也就有區別。」楚王聽罷，似懂非懂，卻對宋玉的解釋很感興趣，便問道：「那麼風是從哪裡興起的呢？」宋玉就有條有理、十分精彩地敘述了風興起的整個過程：

> 風悄然生起於地面和水面，漸漸擴展到山谷，暴怒吼叫於洞口，沿著高山順坡而下，飛舞在松柏之間。輕捷迅速，氣勢磅礡，並發出巨大的聲響，有如轟轟雷鳴。瞬息間迴繞盤旋，左衝右突，搖撼巨石，吹斷樹枝，奔騰到原野，摧折了草木枝幹。隨之慢慢減弱，四處分散，進入房門，吹動門栓。微風拂過，天空與萬物顯露出燦燦光明。那清新涼爽的「雄風」飄搖高升，超越高高的城牆，進入深宮之中。拂過綠葉香

花，使空氣散發出陣陣幽香。然後在桂椒之間逗留，盤旋於滾滾激流之上，擺動荷花，經過蕙草，洗滌辛夷樹，蓋住幼小的楊樹頂。就這樣，它旋轉著，衝突著，吹落了百花，凋謝了香木。然後徘徊於庭院之間，向北進入玉堂。鑽進帷幕，經過室內。這種風吹在人的身上，悲淒清冷，令人感嘆不止。這種清涼能治癒百病，使醉酒之人清醒，並且能使人耳聰目明，安體利身，受益無窮。這就是君王所享受的風，是大王之雄風。

宋玉的這段話一氣呵成，辭采華美，景色鮮明，形象貼切，描繪生動，楚王早已聽得入了迷。楚王感嘆道：「你對事理的論辯簡直是太精彩了！那麼一般百姓呢？他們所享受的風是否可以給我講一講呢？」宋玉從容答道：

庶人之風，陡然之間興起於窮街陋巷，塵土飛揚，黃沙撲面。像是有深深的煩惱和無窮的怨恨。鑽進牆縫，撞擊屋門，飛土揚沙，攪混汙水，揚翻垃圾。順著邪路鑽入破窗，衝進簡陋的草房。吹到人的身上，使人頓生厭惡之情，憂鬱煩悶。它給人帶來風濕之病，令人心情愁苦憂傷。使人熱病纏身，嘴上生瘡，眼睛紅腫，抽搐中風，死不能死，生不能生，痛苦萬狀。這就是屬於百姓的風，是庶人之雌風。

宋玉對風的描繪之所以這樣成功，是因為他有聰明才智和深厚的文學功力。首先，他馳騁想象，詳盡地寫出了風的發生、發展、衰微的過程。詞藻豐富，語言準確。如形容風的動態，用了「侵淫」、「舞」、「飄忽」等詞，化抽象為具體，準確生動而形象，使我們可見、可聞、可感。其次，〈風賦〉的精彩之筆，更在於用鮮明的對比手法，描繪了大王之雄風和庶人之雌風的截然不同。作者由不同環境和不同氣勢寫起，進而寫人的不同生活心理感受，再推進到對人體的不同作用和結果，層次清晰、逐層深入地寫出了雌雄二風的不同性狀。再次，對二風具體性狀的描繪多用對句，顯得整齊勻稱，而在銜接對答和交代情況時多用散句，顯得自由活潑。這種韻散相間的語言，讀來朗朗上口，使文章具有音樂美。

有關神女傳說，早已流傳民間。相傳赤帝女兒瑤姬葬於巫山之南，為巫山神女。可是這一形象出現在文人筆下，當首推宋玉。在〈神女賦〉中，宋玉不但寫了神女俏麗秀美的容顏，華美飄逸的服飾，優美多姿的儀態，還寫了她賢淑溫和而又忠貞高潔的性情，微妙複雜的心理。從外到內，全面細緻，既使神女形象更加豐滿生動，又體現出作者內心美與外表美相統一的審美觀念，從而使神女成為中國文學史上第一個成功的美女形象。

迷離恍惚中，神女出現了。她的美麗無法形容。毛嬙舉袖遮日，雖說嬌媚，卻無法與神女相比；西施掩面含羞，甚是可愛，但見了神女，也會自愧不如。只見神女容貌豐滿，顏面如玉，溫潤光澤，神情端莊；娥眉淡掃，微微上揚，明眸似水，脈脈含情；粉面含春，朱唇明艷，顧盼生姿，惹人憐愛。她的身材婀娜窈窕，腰肢柔軟如絲如縷，似遊龍乘雲飛翔。她身穿如霧的輕紗，邁著款款的步伐，衣裳拂動石階，發出沙沙的聲響。她來到床前，雙目含情，凝望帷帳，欲走還停。她性情柔和，通情達理，賢淑溫順，善解人意，又端莊矜持，守身如玉。所有男子對她都會一見傾心，而又不敢產生非分之想。

這篇作品文字清麗，修辭活潑，大筆鋪敘，筆調酣暢，在語言方面也取得了很高成就。

從商人到政客的呂不韋

戰國時期，特別是戰國的中後期，隨著經濟交流的頻繁和戰亂的加劇，商人對政治表現出了前所未有的關心。商人參政，尋求強大的政治依靠與保障，成為一種時代風尚。當時，最為成功的莫過於敢於買賣國君的呂不韋了。

呂不韋，衛國濮陽的富商。他出生的時候，衛國已是魏國的附庸，國土實際上也只剩下了濮陽一地了。濮陽是當時有名的商業城市，交通便利，經濟繁榮，但地處秦和魏、趙交爭的要地，被強大的秦國吞併只是遲早的問題。呂不韋雖然家累千金，但是對未來的憂慮卻更強烈。也許，他本來就不想只做一個父親那樣的富而不貴的商人。大約在秦昭王四十二年（公元前二六五年），呂不韋離開濮陽來到趙國國都邯鄲。

與先祖呂尚（即姜子牙）當年以耄耋之軀垂釣於渭水之上，被動地等候賢君的賞識不同，年輕的呂不韋決意以商人的身份主動進入政治領域。因此，一開始，呂不韋的新事業就帶有明顯的投機性與冒險性。他自信，他並不缺乏先祖呂尚那樣的韜略與智謀，只是機遇尚未降臨。

在邯鄲，一般的商業交易已不再吸引呂不韋，通過對當時各國政情所作的研究和分析，呂不韋越來越堅定了秦國必勝的信心。於是，他那一雙鷹隼般的眼睛緊緊地盯住了秦國。當時秦昭王已近高齡，實權掌握在歲數也已不小的太子安國君手上，安國君有子二十餘人，而寵幸的華陽夫人無子。呂不韋推測，秦國未來的君王，必然出自這二十幾個兒子之中。也許是機遇垂青呂不韋，當時，秦國王孫異人恰巧在邯鄲做人質。經過一番調查，呂不韋確信異人最有利用價值，難怪他一見到異人便脫口說出「此奇貨可居」這句留傳千古的名言。

異人是秦國太子安國君的庶子，因母親夏姬失寵而備受冷落。秦昭王四十二年（公元前二六五年）左右，十幾歲的異人被送到趙國為質，處境非常糟糕。呂不韋認為，身處逆境之人不僅容易接近，而且如果施恩於他，將來還會有更大的回報。於是，在異人窮困潦倒、悲觀絕望之際，呂不韋來到他的身邊。呂不韋抓住異人思歸心切的心理，點燃了異人繼承王位的熱望。呂不韋表示，願意出資千金，西入秦，設法勸說安國君和華陽夫人，立異人為嫡子，將來繼承王位。異人驚喜萬分，連忙頓首，並感激涕零地說：「如果您的計劃能實現，我當了秦國的國王，秦國一定歸我們倆共有。」呂不韋當下餽贈異人黃金五百兩，讓他在邯鄲廣交賓客，擴大影響，自己又以五百金買了珍奇寶物去秦國進行遊說。

呂不韋在咸陽的遊說是相當成功的。《戰國策・秦策》和《史記・呂不韋列傳》對此有很詳細的記載。呂不韋的精明在於，他沒有冒冒失失地直接去找太子安國君和華陽夫人，而是採用側翼迂迴的戰術，分別遊說了華陽夫人的弟弟陽泉君和她的姐姐。呂不韋巧舌如簧，幾番遊說，動之以情感，曉之以利害，再適時敬奉上令他們賞心悅目的奇珍異寶，由不得他們不進入呂不韋的思維軌道，接受呂不韋的忠言良勸。由於他們姐弟二人的現時幸福與前途命運都維繫在華陽夫人身上，所以在呂不韋的授意下，他們積極勸說華陽夫人。相比之下，姐姐的談話更加坦率，她開門見山，以「色衰而愛弛」的淺顯道理，直截了當地點到華陽夫人的要害，使她愈發感到沒有子嗣的悲哀和可怕。華陽夫人也因此對姐姐所兜售的呂不韋的「異人無國而有國，王後無子而有子」的兩全方案產生了濃厚的興趣。當她聽到呂不韋說異人衷心地熱愛她，把她視作生母，思念得日夜哭泣時，她頭一次感受到了做一位母親的幸福，並意識到了做一位母親的重大責任。母愛的激情與利害的盤算，使她幾乎沒有費什麼周折就讓安國君答應了她立異人為嫡子的請求，並以刻符為據。這樣，尚遠在邯鄲當人質的異人，竟搖身一變成為秦王位的繼承人。

回到邯鄲，深諳經商之道的呂不韋，在異人渾然不覺的情況下又同他做了一筆生意，即將自己的情人、已有身孕的趙姬獻給異人，通過血緣的紐帶把自己的命運與王位繼承人緊緊地聯結在一起。為了不露出破綻，呂不韋作了精心安排。他請異人喝酒，席間讓姿容艷美、風情萬種的趙姬向異人頻頻敬酒，異人神魂顛倒，無法自持，請求呂不韋把趙姬送給他。呂不韋佯裝發怒，異人苦苦哀求。最後，呂不韋忍痛割愛，讓異人如願以償。秦昭王四十八年（公元前二五九年）正月，趙姬生一子，取名為「政」，稱嬴政，也叫趙政。他就是後來的千古一帝秦始皇。

秦昭王五十年（公元前二五七年），呂不韋和異人用六百金買通守城的吏卒，逃出邯鄲，回到咸陽。華陽夫人將異人改名為子楚。六年後，趙姬和稚子政也平安回到秦國。

秦昭王五十六年（公元前二五一年），秦昭王駕崩，五十三歲的安國君即位，稱孝文王，在國王的寶座上只坐了三天就一命嗚呼。接著，子楚登基，他就是莊襄王。華陽夫人被尊為華陽太后，呂不韋為丞相，封為文信侯，食洛陽十萬戶，有家僮萬人。呂不韋既非秦國宗室親族，又無顯赫戰功，在任相國之前沒有任何官爵和政績，卻在莊襄王即位之後，集官爵、食邑最高等級於一身，著實令滿朝文武大臣大吃一驚。他們哪裡知道，這不過是呂不韋十年前投資的應得收益，和莊襄王對自己所作承諾的兌現。

三年後，莊襄王莫名其妙地死去，十三歲的太子嬴政即位。呂不韋繼續任相，並以「仲父」身份輔政，直至秦王政十年（公元前二三七年）。自莊襄王元年（公元前二四九年）滅東周開始，以商賈頭腦從政的呂不韋，在事業上達到了輝煌的頂點。

客觀地講，呂不韋不惜以家財、性命作投機資本，挖空心思地攫取政治權力的意義，已遠遠超出了單純的牟取私利的範圍。與一般的專事投機鑽營的政客相比，呂不韋在他專權的十幾年時間裡，無論在軍事，還是內政、外交上，都顯示出了不凡的政治才能和戰略眼光。否認這一點，便難以理解呂不韋主持編寫《呂氏春秋》的深層動機——把自己的政治主張理論化，為秦國統一提供系統的政治理論綱領。

然而，具有諷刺意味的是，逐漸成熟起來的秦王嬴政，在贊同《呂氏春秋》所提出的大一統的主張的同時，卻越來越不能容忍氣焰薰灼、驕橫跋扈的「仲父」呂不韋。嬴政十年（公元前二三七年），秦王嬴政以涉嫌嫪毐叛亂為由，罷免了呂不韋的丞相職務。兩年後，呂不韋在流放地蜀中飲鴆自盡。

雜家之作《呂氏春秋》

秦王政八年（公元前二三九年）的一天，秦國首都咸陽城門前萬頭攢動，熱鬧非凡。原來城門上掛滿了成片的寫有文字的木牘和竹簡。告示上說：有能給此書增損一字者，賞賜千金。可是，一連幾天過去了，沒有人能夠增損一個字。

這部懸賞千金、轟動一時的書，就是由當時相國呂不韋主持編寫、出自眾多賓客之手的巨著《呂氏春秋》，因書中有「八覽」，後人也稱此書為《呂覽》。

呂不韋本是商賈出身，在秦為相之後，卻召集門客編纂了一部《呂氏春秋》，是附庸風雅，還是另有目的？呂不韋有意識做一個器量不凡的人，與戰國四公子競賽招賢養士，不招則已，招便招來天下所有學派；呂不韋有意識做一個集諸子百家之大成的人，效仿荀卿等著書立說，不寫則已，寫便寫盡天地萬物古今之事。不求創新說，只要集大成，「假人之長，以補其短」（〈用眾〉），向天下顯示秦國作為一個泱泱大國的開放胸襟和恢弘氣度，也好給戰國時代劃上一個大大的句號。說到底，是為了迎接一個橫掃六國、一統天下的秦帝國的早日誕生。

《呂氏春秋》鼓吹統一。統一視聽、統一思想、統一力量、統一行動，統一就能治理好天下，不統一就會造成天下大亂，就像並排駕馭四匹馬，讓四個人每個人拿一根馬鞭，那就連街門都出不去。統一天下，一定要有天子，天子一定要集權，這是根本，是大勢所趨。

《呂氏春秋》鼓吹君權。〈恃君〉篇從人的生理特點闡釋「君」的產生，令人耳目一新。它說：「就人的本能來說，爪牙不足以保衛自己，肌膚不足以抵禦寒暑，筋骨不足以使人趨利避害，勇敢不足以使人擊退兇猛強悍之物。然而人還是能夠主宰萬物，這是由於群居的緣故。而群居使人彼此得到好處，則必須有一位領袖來統帥。這就是『君』。」然而奇怪的是，《呂氏春秋》一面極言君權的重要，一面又倡導君權的根本在於清靜無為，這裡的「無為」，取源於道家，但又不同於老莊道家的「絕聖棄智」的絕對無為。它只限於君權，要求君主「無智、無能、無為」，為的是讓臣下有所作為，而各盡其能。

《呂氏春秋》倡導德義為本。〈上德〉篇指出，治理天下和國家，莫過於用德行義。用德行義，不靠賞賜人民就會努力向善，不靠刑罰邪惡就能制止。而嚴罰厚賞是衰敗之政，必須加以反對。這表明，呂不韋對法家一味崇尚「嚴刑峻法」是有所不滿的。

《呂氏春秋》倡導仁愛思想。〈愛類〉篇指出，所謂仁，就是愛自己的兼容並包的雜家風格。同類。仁人愛之，關鍵是努力為百姓謀利，要勇於承擔社會的急難，關心百姓疾苦，消除禍害。此篇把「仁」解釋為「仁乎其類」，頗近於墨家無差等的「兼愛」說。書中所載墨子非攻、大禹治水的事例，也是墨家所樂道的。與此同時，作者又以大量篇幅，褒揚了惠施這樣的名家人物，表現出《呂氏春秋》兼容並包的雜家風格。

《呂氏春秋》倡導以「義兵」伐無道。〈振亂〉篇說：「當今的社會混亂極了，人民的苦難無以復加了。周王室已經滅亡，賢人被迫隱匿，昏君恣意妄行。」這正是戰國末期社會現實的真實寫照。作者提出，只有依靠「義兵」攻伐無道，才能平定動亂，救民於水深火熱之中。〈禁塞〉篇進一步指出：「戰爭本身，必將殺人，這是不可避免的。然而戰爭有正義與不正義之分，不能一概否定戰爭。一概採用攻伐不可，一概反對攻伐也不可；一概採用救守不可，一概反對救守也不可，唯有正義之師才可以。」顯然，作者對墨家一味主張「非攻」、「救守」也表示不滿。

《呂氏春秋》倡導「節喪節葬。」這一思想源於墨家，但又有所不同。作者的出發點是為死者考慮，指出以節儉葬死，是為了讓死者安寧，否則，厚葬有被掘墓盜墓的危險。〈節喪〉篇對當時的厚葬風作了嚴厲的批評，一針見血地指出：「如今社會風氣大壞，君主行葬越來越奢侈，他們心中不是為死者考慮，而是活著的人藉以彼此誇耀，爭出人上。」然而，秦王親政後，對呂不韋的這一套主張置若罔聞，他大修驪山墓，極盡奢侈。

《呂氏春秋》強調尊師。〈勸學〉篇指出，聖人是在努力學習中產生的，不努力學習而能成為聖人，未曾有過。而努力學習關鍵在於尊師，要想學習卻不尊重老師，就如同懷抱腐臭之物卻希望嗅到芳香，明明不會游泳卻硬往水裡跳一樣，不會有什麼好結果。這裡把儒家尊師重教的思想說得非常透徹。

《呂氏春秋》的十二紀，用陰陽五行學說一以貫之。它要求天子在郊廟祭禮、禮樂征伐、農事活動等方面，發布政令要順應四季十二月的時氣。例如，春季萬物萌生，是生養的季節，天子應發布政令，禁止殺伐傷生，與這一季節的時氣相適應。《呂氏春秋》還有關於忠孝禮樂、帝王統治之術、求賢用賢等方面的論述。

總的來說，這部書的內容以道家、儒家為主，兼採墨家、法家、陰陽家、名家、兵家等學說，其中既有各家的精華，也有各家的糟粕。許多具體觀點和理論主張，在書中往往相互牴觸，前後矛盾。作為一部包羅百家的「雜家」著作，似乎很難看出哪些內容是呂不韋個人的思想，然而全書總的指導思想來源於呂不韋，應該是沒有問題的。

《呂氏春秋》的公布，打破了秦國固有的法家定於一尊的傳統，為秦國統一天下提供了一個寬闊的思路。但是，呂不韋這種把天下所有學說都統一起來的做法，也產生了很大的負面影響。從此，人們再也難以看到戰國時代那種思維活躍、百家爭鳴的繁榮局面了。

《呂氏春秋》的寓言故事也具有雜家的特點，〈察今〉篇中的三則寓言是法家觀點的反映，而〈貴公〉中的「荊人遺公」、〈異用〉中的「商湯祝網」、〈去私〉中的「腹䵍殺子」三則寓言則分別反映了道家、儒家、墨家的主張。

《呂氏春秋》的寓言大都取材於現實生活和史家所記之事，很少有莊子寓言的想象豐富，誇張大膽，這與呂不韋關心政治生活、注重實際人事有密切關係。「葆申笞荊王」（〈直諫〉）突出了執法必嚴的重要性，「立表取信」（〈慎小〉）突出了取信於民的重要性。「齊宣王射箭」（〈壅塞〉）則辛辣諷刺了統治者圖虛名愛奉承的缺點。當然，也有誇張，像〈至忠〉篇齊王用鼎活煮醫生文摯，文摯被煮了三天三夜，竟容貌不毀，還能說話，告訴齊王說：「真的要殺我，為什麼不蓋上蓋，隔斷陰陽之氣？」這未免有些荒誕不經，可能是受了陰陽家的影響。

《呂氏春秋》中有幾則寓言篇幅較長，敘事非常完整，情節曲折生動、引人入勝，運用言語和行動刻畫人物性格，至為傳神。如「靜郭君善齊貌辨」（〈知士〉）、「伊尹說湯」

（〈本味〉）、「子產誅鄧析」（〈離謂〉）、「北部騷以死為晏子洗冤」（〈士節〉）等，這些故事完全可以獨立成篇，視為小說家言，如「伊尹說湯」，則直接取自戰國時代的小說家著錄〈伊尹說〉。

總之，《呂氏春秋》不僅在思想觀念上涵納了諸子百家，成為雜家之作，而且在寫作方法上廣泛吸收了各家各派表達上的特點，來闡述自己龐雜的思想，為先秦諸子散文畫上了一個圓滿的句號。

讀故事．學文學

先秦文學故事　下冊

編　　著　范中華
版權策劃　李　鋒

發 行 人　陳滿銘
總 經 理　梁錦興
總 編 輯　陳滿銘
副總編輯　張晏瑞
編 輯 所　萬卷樓圖書(股)公司
排　　版　鄭　薇
封面設計　鄭　薇
印　　刷　百通科技(股)公司

發　　行　昌明文化有限公司
桃園市龜山區中原街32號
電　　話 (02)23216565
傳　　真 (02)23218698
電　　郵 SERVICE@WANJUAN.COM.TW
大陸經銷
廈門外圖臺灣書店有限公司
電　　郵 JKB188@188.COM
香港經銷
香港聯合書刊物流有限公司
電　　話(852)21502100
傳　　真(852)23560735

ISBN 978-986-91874-1-1
2015年8月初版一刷
定價：新臺幣250元

如何購買本書：
1. 劃撥購書，請透過以下帳號
帳號：15624015
戶名：萬卷樓圖書股份有限公司
2. 轉帳購書，請透過以下帳戶
合作金庫銀行古亭分行
戶名：萬卷樓圖書股份有限公司
帳號：0877717092596
3. 網路購書，請透過萬卷樓網站
網址 WWW.WANJUAN.COM.TW
大量購書，請直接聯繫，將有專人為您服務。(02)23216565 分機10

如有缺頁、破損或裝訂錯誤，請寄回更換

國家圖書館出版品預行編目資料

先秦文學故事 / 范中華編著.
-- 初版. -- 桃園市 : 昌明文化出版;
臺北市 : 萬卷樓發行, 2015.08
冊 ;　公分. -- (讀故事.學文學)

ISBN 978-986-91874-1-1(下冊 : 平裝)

820　　104008693